Catherine George

Un corazón humillado

Editado por HARLEQUIN IBÉRICA, S.A.
Núñez de Balboa, 56
28001 Madrid

© 2012 Catherine George. Todos los derechos reservados.
UN CORAZÓN HUMILLADO, N.º 2178 - 29.8.12
Título original: A Wicked Persuasion
Publicada originalmente por Mills & Boon®, Ltd., Londres.

I.S.B.N.: 978-84-687-0358-9
Depósito legal: M-20621-2012
Editor responsable: Luis Pugni
Fotomecánica: M.T. Color & Diseño, S.L. Las Rozas (Madrid)
Impresión en Black print CPI (Barcelona)
Fecha impresion para Argentina: 25.2.13
Distribuidor exclusivo para España: LOGISTA
Distribuidor para México: CODIPLYRSA
Distribuidores para Argentina: interior, BERTRAN, S.A.C. Vélez
Sársfield, 1950. Cap. Fed./ Buenos Aires y Gran Buenos Aires,
VACCARO SÁNCHEZ y Cía, S.A.
Distribuidor para Chile: DISTRIBUIDORA ALFA, S.A.

Capítulo 1

NADA había cambiado en aquella ciudad desde el día en el que él se había marchado de allí tan precipitadamente, jurando que jamás volvería a poner el pie en aquel lugar. Diez años más tarde, los afilados tejados y los parteluces de piedra tan típicos de la arquitectura local relucían al sol mientras él se dirigía a Broad Street. Para satisfacer su curiosidad, entró en el banco al que se dirigía y se enteró de que algo sí había cambiado. Sin embargo, cuando salía, oyó una voz a sus espaldas que intercambiaba saludos con uno de los empleados del banco y se detuvo en seco. El corazón le latía con fuerza contra las costillas. Se dio la vuelta lentamente y sintió una satisfacción casi visceral cuando la mujer que se dirigía hacia él se puso pálida como la muerte.

–James –dijo ella tragando saliva.

–¡Vaya, hola! –exclamó él lleno de satisfacción mientras le sujetaba la puerta–. ¿Cómo estás, Harriet? –añadió con voz afable.

–Muy bien –dijo ella. La mentira era tan palpable que él estuvo a punto de reírsele en la cara–. ¿Y tú?

–Nunca he estado mejor –respondió James mientras miraba el reloj–. Me alegra volver a verte, pero no puedo detenerme. Ya voy tarde. Adiós.

James Crawford se marchó calle abajo sin mirar atrás. Se sentía enojado consigo mismo porque el hecho de ver a Harriet Wilde lo había afectado profundamente. Ella había cambiado mucho. Ya casi no reconocía en ella a la chica que él tanto había adorado. La chica que lo había echado de su vida y había cambiado la de él para siempre.

Harriet permaneció de pie en el exterior del banco sin saber qué hacer, observando al hombre que se marchaba calle abajo. Por fin consiguió soltar el aire que había estado conteniendo y, aturdida, se dirigió hacia el coche. Después de la dolorosa ruptura con James, llevaba años deseando volver a encontrarse con él. Con el tiempo, había dejado de imaginarse que todos los hombres altos y morenos que veía eran James, principalmente porque en los diez años que habían pasado desde entonces no lo había vuelto a ver. Desgraciadamente, cuando el destino había querido que se volvieran a encontrar, había tenido que ser después de un duro día de trabajo, cuando probablemente su aspecto reflejaba cada minuto de los diez años que habían pasado desde la última vez que se vieron. Sonrió amargamente. Haría falta mucho más que maquillaje para hacer las paces con James Crawford.

Mientras caminaba por la calle, el teléfono comenzó a sonar. Era su padre, pero dejó que fuera el buzón de voz el que contestara la llamada. Después de encontrarse con James, necesitaba algo de espacio y de tranquilidad en su casa antes de afrontar la tarde que le esperaba.

Cuando Harriet terminó sus estudios de Contabilidad, aceptó un empleo en una empresa de la ciudad en vez de una tentadora oferta de una compañía de Londres. Entonces, dejó atónita a su familia cuando anunció que quería mudarse permanentemente a la casa del guardés de River House. Para ella, resultaba preferible vivir sola a seguir con su padre en la casa principal. Sus hermanas ya no vivían allí. Julia, la más lista, era editora de una revista de moda en Londres y casi nunca tenía tiempo para regresar a River House. Tampoco lo tenía Sophie, más guapa pero menos inteligente. Ella estaba demasiado liada con su hija, con su marido y con la vida social que llevaba en Pennington.

—Si no estás de acuerdo, papá, me buscaré un piso en la ciudad —le había respondido Harriet.

Aubrey Wilde había cedido por fin, pero aquella noche le costaría mucho más que él accediera a lo que Harriet iba a proponerle.

Cuando entró en la casa, lo hizo por la puerta de atrás. Notó que la cocina estaba perfumada por un delicioso aroma. Sin embargo, no había nadie, lo que no era de extrañar. Por la animada conversación que se escuchaba desde el salón, sus hermanas estaban tomando una copa con su padre sin preocuparse de la cena. Julia y Sophie esperaban que la cena apareciera sin que ellas tuvieran que contribuir para nada. Como siempre hacía, Harriet dio las gracias en silencio a Margaret Rogers, la mujer que mantenía River House en perfecto orden. Comprobó que el olor provenía de un delicioso guisado de ciervo que se mantenía caliente en el horno y decidió llevar el primer plato al comedor. Julia entró mientras que Harriet estaba colocando las ensaladas sobre la larga mesa.

—Por fin has llegado —le dijo Julia—. Papá ha estado llamándote.

Harriet dio un beso al aire cerca de la maquillada mejilla que su hermana le ofrecía.

—Mi último cliente me demoró un poco. Me marché tarde de mi despacho.

–Bueno, ¿qué es ese gran misterio? ¿Por qué nos hemos tenido que reunir hoy aquí?

–Esta noche necesito que me apoyes.

–¡Qué novedad! ¿No será que te has liado otra vez con alguien poco adecuado?

Harriet le dedicó una mirada de desaprobación a su hermana y se volvió para dirigirse a la cocina.

–Le diré a papá que ya has llegado –dijo su hermana–. ¿Quieres algo de beber?

–Todavía no, gracias.

Ya a solas en la cocina, apretó los labios mientras se ponía a preparar unos espárragos al vapor. Después de años de ausencia de su vida, era la segunda vez en un día que James Crawford interrumpía sus pensamientos. Él era el «alguien poco adecuado» al que Julia se había referido. Un simple técnico de ordenadores quedaba completamente descartado para una de las herederas de River House. Para desesperación de Harriet, hasta su madrina, que hasta entonces había sido su aliada, había estado de acuerdo con Aubrey Wilde por primera vez en su vida.

–Cariño, eres demasiado joven –le había dicho Miriam Cairns–. Vas muy bien en tus estudios como para ir en serio con nadie. Si ese joven es tan maravilloso como dices, él te esperará hasta que hayas terminado.

Sin embargo, James se había mostrado contrario a esperar y había persuadido a Harriet para que compartiera un piso con él mientras ella terminaba sus estudios. Cuando Aubrey se enteró del plan, perdió los papeles completamente. Prometió que hablaría con el director de la empresa informática, que era amigo suyo, para que despidiera a James inmediatamente. Además, amenazó con que, si Harriet insistía en su actitud, pediría una orden de alejamiento contra James, lo que significaría que él sería arrestado inmediatamente si volvía a acercarse a ella. Harriet había intentado razonar con su padre y la desesperación la había llevado a suplicarle. Sin embargo, Aubrey se había mantenido impasible. Al final, a Harriet no le había quedado más remedio que ceder porque temía que, si seguía desafiando a su padre, él llevaría a cabo su amenaza.

Harriet se había visto obligada a decirle a James que vivir con él mientras seguía estudiando no era posible.

—Contigo a mi alrededor distrayéndome, no conseguiré terminar nunca mis estudios.

—Entonces, ¿eso es todo? —le espetó—. Me mandas a paseo y esperas no verme nunca más.

—Por supuesto que no —respondió ella, llorando desesperadamente—. Cuando haya terminado mis estudios, las cosas serán muy diferentes...

—¿Esperas que sea tan estúpido como para esperar tanto tiempo, Harriet? Papá ha dicho que no, ¿verdad? Y tú, como una buena hija, obedeces sin rechistar.

—No tengo elección...

—¡Siempre hay elección! —rugió él. Se sentía herido y furioso—. Sin embargo, resulta evidente que tú ya has decidido. Piérdete. Vete a casa corriendo con papaíto y madura un poco.

Harriet lo llamó en el momento en el que llegó a su casa y lloró desesperadamente al descubrir que él había apagado el teléfono y que había borrado su correo electrónico. James Crawford, experto en ordenadores, había cortado todos los medios de comunicación con ella.

Después de una noche de insomnio, Harriet fue a la casa de James a primera hora de la mañana, pero descubrió que él se había marchado. Hasta aquel breve encuentro en el banco, no había vuelto a verlo.

El temporizador del horno comenzó a sonar y sacó a Harriet de sus pensamientos. Cargó todo en una bandeja y se dirigió al comedor. Entonces, se reunió con los otros para anunciar que la cena estaba servida.

—Ya iba siendo hora —se quejó Sophie—. Estoy muerta de hambre.

—Sin embargo, como es habitual, no se te ha ocurrido echar una mano —replicó Harriet con un retintín tan impropio de ella que sorprendió a su padre y a sus hermanas.

—¿Has tenido un día muy ajetreado? —le preguntó su padre.

—Pues yo también he estado muy ocupada. Para que lo sepáis, Annabel me tiene agotada —comentó Sophie.

—¿De verdad? Y yo que pensaba que a la que tenía agotada era a la maravillosa Pilar —dijo Harriet, refiriéndose a la *au pair* de Sophie.

Julia se echó a reír.

—Ahí te ha pillado, Sophie —comentó.

Aubrey Wilde miraba a su hija menor muy preocupado.

—¿Ocurre algo?

—Lo de siempre —replicó Harriet con voz tensa—, pero comamos antes de que la pobre Sophie se muera de hambre.

Sophie se dispuso a contestar, pero, ante la mirada de advertencia de su padre, cerró la boca y se sentó junto a los demás a la mesa del comedor. Harriet agradeció el vino que su padre le sirvió, pero lo que la esperaba al final de la cena le quitó el apetito. Para su sorpresa, Julia se levantó para retirar los platos y le ordenó a Sophie que acercara los limpios para que Harriet pudiera servir el segundo plato.

—Bien, ¿por qué nos has hecho venir esta noche,

papá? —preguntó Sophie cuando todos estuvieron de vuelta en el salón.

—No he sido yo —contestó mientras se servía un coñac—. Por mucho que me alegre tener aquí reunidas a todas mis hijas, ha sido idea de Harriet y no mía.

Julia miró a su hermana.

—Por favor, dime que no se me ha olvidado nada importante, Harriet. Al menos, sé que no es tu cumpleaños. ¿Te han ascendido?

—Desgraciadamente, no —respondió Harriet mientras sacaba su maletín.

—¡Ay, madre! —exclamó Sophie—. No me digas que tenemos que firmar cosas.

—No, pero es importante que Julia y tú estéis presentes en esta conversación.

—Harriet —dijo su padre mirándola con desaprobación—, si esto tiene que ver con las cuentas deberías haberlo hablado primero conmigo.

—Si lo hubiera hecho, sabes muy bien que habrías echado por tierra lo que he descubierto y me habrías dicho que son tonterías.

—¿Se trata de las cuentas de este año, Harriet? —le preguntó Julia.

—Sí. Tal vez debería haber hablado con papá a solas esta noche, pero os aseguro que he tratado de hacerle razonar muchas otras noches antes de decidirme a llamaros a vosotras dos.

Aubrey se ruborizó.

—Siempre me está diciendo que ahorre, pero desde que me jubilé llevo una vida muy sencilla, maldita sea. ¿Cómo voy a poder recortar aún más?

—Tienes que vender la casa, papá —dijo Harriet.

Todos miraron a Harriet horrorizados.

—¿Vender River House? —susurró Sophie.

–¿Tan mal están las cosas? –preguntó Julia frunciendo el ceño.

Harriet miró a su padre. Él se aclaró la garganta y, por fin, admitió que su situación económica era mala.

–Como a muchas otras personas, los mercados no me han tratado bien últimamente –admitió de mala gana mientras se servía otro coñac.

–Explícanos cómo está la situación, Harriet –le dijo Julia.

–Tal y como están las cosas, papá no se puede permitir seguir viviendo aquí sin ingresos extras. Esta casa requiere mucho dinero para mantenimiento.

Aubrey asintió.

–Cuando vuestro abuelo seguía con vida, había un albañil y dos jardineros en nómina. Ahora, yo llamo a Ed Haines para que venga a ocuparse de las cosas solo cuando es estrictamente necesario y su hijo viene una vez a la semana para ocuparse del jardín.

–Y te estás quedando rápidamente sin fondos hasta para eso –dijo Harriet.

Sophie se volvió a mirarla muy enojada.

–¿Estás segura de que no te has equivocado? ¿No debería ser uno de los socios con más experiencia de la empresa el que se ocupara de las cuentas de papá y no una novata como tú?

Aubrey Wilde miró a su hija con desaprobación.

–Te ordeno que te disculpes con Harriet inmediatamente, Sophie.

–¡Lo siento, lo siento! –dijo Sophie lloriqueando–. Es que no puedo ni siquiera pensar que tengamos que vender River House.

–Harriet es muy buena contable y estoy segura de que sus cifras son correctas –afirmó Julia.

–Las comprobó Rex Barlow, uno de los dueños de

la empresa, porque yo le pedí que lo hiciera. Y él estuvo de acuerdo conmigo en todo –dijo Harriet–. Se necesitan fondos urgentemente. Si no, papá no tendrá más opción que vender la casa.

–Yo no puedo ayudar económicamente –se lamentó Julia–. La hipoteca que tengo en mi nuevo piso me está ahogando.

–¡Y yo no puedo pedirle dinero a Gervase! –exclamó Sophie alarmada–. Se puso furioso conmigo por la última factura de mi tarjeta de crédito.

–Aunque pudierais contribuir con algo, sería tan solo un arreglo temporal. Sin embargo, si no queréis pensar en vender la casa, podría haber otro modo de solucionar el problema –dijo Harriet.

–¿Se te ha ocurrido algo? –preguntó Aubrey esperanzado.

–¿Y no puedes pagar tú un alquiler más alto por la casa del guardés? –le preguntó Sophie a Harriet.

–Si no puedes decir nada sensato, es mejor que te calles –le espetó Julia a su hermana–. Para que conste, ¿cuánto pagas, Harriet?

Aubrey volvió a sonrojarse cuando Harriet respondió.

–Sé que es demasiado...

–Y tanto –le recriminó Julia–. Nadie pagaría esa cantidad para vivir en un lugar tan pequeño como ese a pesar de que tú lo has puesto tan bonito, Harriet. Y lo has hecho corriendo tú con los gastos. Sin embargo, sabes muy bien que podrías alquilar un piso de lujo en la ciudad por ese dinero.

–Entonces, ¿por qué sigue aquí? –quiso saber Sophie.

–Porque, si queremos que River House siga en manos de nuestra familia, el cuidado debe ser constante.

Cuando terminé mis estudios –dijo Harriet–, ofrecí mi ayuda profesional totalmente gratuita para ayudar a papá, lo que significa que yo me ocupo de las cuentas, me aseguro de que las facturas se pagan a tiempo y de que Ed Haines se ocupe del mantenimiento básico de la casa. Sin embargo, si no hacemos algo pronto, no habrá dinero ni siquiera para eso. Tendrás que despedir a Margaret y ocuparte tú mismo de las tareas domésticas y del jardín. Y también deberás vender el coche nuevo.

–¿Qué se te ha ocurrido? –le preguntó su padre con humildad.

–Charlotte Brewster es la clienta que me ha retrasado hoy un poco.

–¿La que estaba en mi curso? –preguntó Julia.

–Sí. Ella me eligió como contable porque fuimos al mismo colegio –respondió Harriet.

–Bueno, ¿qué es lo que tiene que ver esa mujer con nuestro problema?

–Es agente de localizaciones y trabaja para personas que alquilan sus casas para grabar películas, para celebrar eventos sociales, para sesiones fotográficas y ese tipo de cosas –contestó Harriet.

–No estarás sugiriendo que deje mi casa para que un equipo de grabación la ocupe, ¿verdad? –dijo Aubrey asqueado.

–Si la encuentran adecuada para sus propósitos, sí.

–¡Qué emocionante! –exclamó Sophie.

–En realidad es una idea brillante –comentó Julia–. Se puede llegar a cobrar mucho dinero por un día de grabación. En este sentido, yo sí puedo ser de ayuda. Podría conseguir que mi gente grabara aquí y sugerírselo a más personas que conozco.

–Genial –dijo Harriet–. Por supuesto, como alternativa –añadió mirando a su padre–, tú podrías alojarte con Miriam y alquilar la casa entera este verano.

–De eso ni hablar –replicó Aubrey horrorizado–. Miriam y yo nos mataríamos en cuestión de días.

–En ese caso, no hay opción –afirmó Harriet–. Yo puedo alquilar una habitación en la ciudad mientras se esté usando la casa y tú te puedes mudar a mi casa, papá.

Julia asintió.

–Solo los jardines supondrían una gran atracción para la gente. Los diseñadores de moda se volverían locos con esta casa –comentó.

Harriet miró a su padre.

–Bueno, ¿qué dices?

–Creo que ya habéis decidido las tres por mí –dijo su padre suspirando–. Está bien. A condición de que, cuando esa gente esté en la casa, seas tú la que está en tu casa para vigilarlos, Harriet. Yo me buscaré un sitio en la ciudad. Ahora, Sophie, quiero que ayudes a Julia a recoger todos los platos y a cargar el lavavajillas –les ordenó. Esperó a que las dos se marcharan para seguir hablando–. ¿De verdad crees que esto podría funcionar?

–Sí. Tiene que funcionar. La reparación del tejado es lo más importante ahora. Lo he comprobado con Ed.

–¿Y por qué no conmigo?

–Porque tú te haces el sordo a lo que no quieres escuchar.

–Has cambiado mucho, Harriet –suspiró Aubrey.

–No. Simplemente, es que no te has dado cuenta antes.

–Me doy cuenta de más de lo que a ti te parece –dijo él–. Sé por qué te niegas a vivir conmigo aquí en la casa.

Harriet se sintió aliviada cuando la reaparición de sus hermanas puso punto final al tenso silencio que se produjo después de la afirmación de su padre. Poco después, Sophie se marchó en coche a su casa y Harriet se marchó a la suya sin mencionar que había ya alguien interesado en alquilar River House. Le había parecido mejor conseguir que su padre se acostumbrara a la idea antes de presentarle al primer cliente.

A pesar de que deseaba concentrarse en los problemas de River House, cuando se metió en la cama Harriet tan solo pudo pensar en el pasado. A lo largo de los años, se había acostumbrado a olvidarse de que James Crawford existía, pero tras haberse encontrado con él no hacía más que pensar en aquel idílico verano. Los recuerdos eran tan vivos que le resultaba imposible dormir.

La casa del guardés había estado vacía desde que Margaret Rogers se casó con John Rogers, varios años atrás hasta que Harriet anunció a la edad de quince años que quería utilizarla para tener un lugar tranquilo en el que estudiar. A cambio del permiso de su padre, Harriet prometió cuidarla ella misma. Una calurosa mañana de verano, estaba sentada a su escritorio trabajando en el ordenador cuando este se estropeó. Llamó rápidamente al servicio técnico y le mandaron a un técnico alto, de cabello negro y brillantes ojos castaños que se iluminaron de placer al verla.

—Hola, soy de Combe Computers —dijo con una profunda voz que le provocó a Harriet escalofríos por la espalda.

Harriet sonrió tímidamente y le condujo al pequeño salón que ella había convertido en estudio. Allí, indicó el ordenador que había sobre el escritorio.

—¿Puedes hacer algo con él?

–Haré lo que pueda, señorita Wilde.

–Harriet.

–James –respondió él con una sonrisa–. James Crawford.

Ella se sentó en el sofá mientras observaba cómo él trabajaba, impresionada por la habilidad con la que desmontaba la máquina.

–Es la placa base –anunció él después de un tiempo. Entonces, abrió su maletín–. Instalaré una nueva. No tardaré mucho.

Así fue. En menos de lo que Harriet hubiera deseado, el ordenador había vuelto a funcionar perfectamente y James estaba a punto de marcharse.

–No sé cómo darte las gracias –dijo ella mientras lo acompañaba a la puerta–. Antes de que vinieras, me estaba tirando de los pelos.

–Con un cabello como el tuyo, eso es un delito –comentó él con una sonrisa–. ¿Trabajas también por las noches?

–A veces.

–¿Qué te parece si te tomas un descanso esta noche y salimos a tomar algo?

–Sí –respondió ella sin vacilar.

–Me gustan las mujeres que saben lo que quieren. Te recogeré a las siete.

–No, gracias. Yo iré a reunirme contigo. ¿Dónde quedamos?

Desde aquella primera noche, en un pequeño pub lo suficientemente alejado de la ciudad como para darles anonimato, descubrieron la química que había entre ellos. A partir de aquella noche y sin que nadie lo supiera, pasaron juntos todos los momentos posibles. A medida que fue acercándose el momento de que Harriet regresara a su escuela para empezar su segundo año, la perspectiva de tener que separarse de James se hizo tan dolorosa que a él se le ocurrió que compartieran piso.

—Yo puedo trabajar por libre y seguir estando disponible para mi empresa —le aseguró él—. Lo más importante es que los dos podamos estar juntos.

Harriet había accedido inmediatamente. Estaba tan contenta que no le importaba tener que desafiar a su padre para poder vivir con el hombre que amaba. Al final, por temor a arruinar la carrera profesional de James, tuvo que hincar la rodilla ante las amenazas de Aubrey Wilde.

Capítulo 2

A LA MAÑANA siguiente, Harriet se despertó con unas profundas ojeras que le costó mucho camuflar antes de estar dispuesta para afrontar el día. Para su sorpresa, Julia llegó cuando ella estaba ya a punto de marcharse.

—Pensaba que hoy ibas a quedarte en la cama un ratito más.

—Y yo también —dijo Julia—, pero mi reloj corporal aún marca la hora de Londres. Además, quería hablar contigo antes de que te marcharas. ¿Tiene Charlotte Brewster algo en mente para River House? Sabiendo lo cautelosa que eres, estoy segura de que no habrías dicho nada de esto si no tuvieras ya algo preparado.

—Tienes razón. Me va a enviar nuestro primer posible cliente esta misma mañana. Se trata de un hombre que quiere alquilar la casa para celebrar una fiesta —comentó Harriet mientras miraba el reloj—. Es mejor que me vaya. Te llamaré esta noche para informarte de lo que haya ocurrido.

—En ese caso, seré una buena chica y seguiré teniendo a Sophie bajo control —dijo Julia—. Supongo que ya sabes por qué se porta tan mal contigo, ¿verdad?

—Sí. Está celosa de la relación que tengo con papá.

—No entiende nada, ¿verdad? ¿Por qué sigues aquí?

—Porque justo antes de... antes del fin, le prometí a mamá que ayudaría a papá a cuidar de River House.

–Deberías dejar que lo hiciera él solo –replicó Julia con desaprobación–. A mí también me gusta mucho la casa, pero tú necesitas vivir tu vida, Harriet. Mamá sería la primera en estar de acuerdo conmigo.

–Yo disfruto de la vida con normalidad –dijo Harriet a la defensiva.

–¿Te vas alguna vez a la casa de los hombres con los que sales para acostarte con ellos? Porque dudo de que te traigas a alguno aquí.

–¡Por el amor de Dios, Julia! Es demasiado pronto para hablar de esto. Tengo que marcharme.

Julia se detuvo en el umbral de la puerta.

–Sigue mi consejo. Si consigues algo de dinero de este modo, o del modo que sea, mete parte de él en una cuenta aparte para la casa. Si no, papá empezará a invertirlo en acciones y Dios sabe qué más y volveremos a estar como al principio.

–Tengo la intención de hacerlo –le aseguró Harriet–. Cuando le dé la noticia completa, ¿le puedo decir que cuento con tu apoyo?

–Por supuesto. Buena suerte.

Harriet llegó a su despacho de Broad Street a tiempo como siempre. Saludó a Lydia, la recepcionista, y se dirigió a su pequeño despacho. Allí, mientras organizaba su mañana, el becario entró a preguntarle si quería un café.

–Ahora no, gracias, Simon –le dijo Harriet–, pero te agradecería que lo trajeras cuando llegara la visita que tengo programada para las nueve y media. Dile a Lydia que te avise en cuanto llegue para que puedas acompañarle aquí con la debida pompa.

Harriet estuvo trabajando una hora antes de tomarse un descanso para arreglarse un poco. Acababa de regresar de nuevo a su escritorio cuando Simon llamó a la puerta para anunciar que su nuevo cliente había llegado.

–Su cita de las nueve y media, señorita Wilde –dijo.

Harriet se puso de pie y sintió que se quedaba sin aliento cuando vio que el que entraba en su despacho era James Crawford. Iba elegantemente vestido con un traje oscuro y parecía dominar perfectamente su entorno con la fuerza de su personalidad. Harriet tuvo oportunidad de observarlo bien y comprobó que tenía un aspecto más duro, más maduro y más frío. Se parecía muy poco al hombre del que ella se había enamorado.

–Buenos días, Harriet –dijo él extendiendo la mano–. Ayer no tuve tiempo de mencionarte que hoy nos reuniríamos profesionalmente.

O más bien era que había querido depararle una desagradable sorpresa.

–Buenos días –consiguió decir ella. Contuvo la sorpresa que sentía y le estrechó la mano. Ignoró el instantáneo calor que le recorrió todo el cuerpo al sentir el contacto y sonrió cortésmente–. Esto es una sorpresa. Charlotte Brewster me dijo que tenía un posible cliente para alquilar River House, pero se olvidó de darme un nombre.

James tomó asiento.

–No se le olvidó. Yo pedí permanecer en el anonimato.

–¿Por qué?

–Por si te negabas a verme.

–¿Y por qué iba yo a hacer algo así? –replicó ella completamente decidida a permanecer agradable con él.

En aquel momento, Simon entró con el café.

–Llámeme si necesita algo más, señorita Wilde.

—Gracias, Simon.

Cuando le hubo servido a James un café, Harriet se obligó a tomarse uno muy lentamente.

—Hablemos de negocios —dijo James tras dejar su taza—. Me reuní con la señora Brewster el fin de semana. Durante nuestra conversación, le dije que me parecía fundamental tener contentos a los empleados y que estaba buscando un lugar poco usual para darles una fiesta. Imagina mi sorpresa cuando me sugirió River House.

—¿Qué clase de empresa diriges?

—Suministramos banda ancha y líneas de teléfono a empresas —le informó él con una sonrisa—. He ascendido un poco desde el día en el que me llamaste para arreglarte el ordenador.

—Enhorabuena —dijo ella con la sonrisa en los labios—. Bueno, ¿qué es exactamente lo que tenías en mente para River House?

—Quiero celebrar la reciente expansión de mi empresa, Live Wires Group. He absorbido un par de pequeñas empresas y este evento dará la bienvenida a sus empleados y, al mismo tiempo, recompensará a los míos por sus esfuerzos. Evidentemente, podría utilizar un hotel, pero me gustaba la idea de hacerlo en una casa de verdad.

Y la casa de los Wilde en particular.

—River House no tiene espacio para alojar a muchas personas.

—No es esa mi intención. Se proporcionará transporte para la llegada y la salida en el mismo día. Me parece recordar que había una terraza que daba a un espacio muy amplio, por lo que una carpa me parece lo más adecuado. ¿Qué posibilidades de aparcamiento tiene la casa?

–Hay un prado junto a la casa. ¿Vais a necesitar la cocina?

–No será necesario con la empresa que he contratado para el catering. El resto de las instalaciones se pondrán discretamente en el jardín. Te aseguro que sufriréis una intrusión mínima en vuestra intimidad.

Harriet sonrió fríamente.

–A mí, personalmente, no me importa. No vivo allí.

–¿Acaso vives en la ciudad?

–No. Tal vez recuerdes la casa del guardés de River House. Llevo un tiempo viviendo allí.

–Entiendo.

En realidad, no era así. Aquella mujer tan reservada, con su traje hecho a medida y el severo recogido distaba mucho de parecerse a la muchacha cariñosa y simpática que él recordaba. La muchacha a la que él no había importado lo suficiente como para que abandonara River House, algo por lo que debería estar eternamente agradecido. El dolor y la humillación que ella le había hecho pasar lo había llenado de una ambición desconocida hasta entonces, una ambición que lo había empujando a convertirse en un James Crawford que fuera bueno para cualquiera, incluso para la hija de Aubrey Wilde. Resultaba un golpe inesperado saber que ella ya no vivía en River House. Solo le consolaba saber que su padre sí seguía viviendo allí.

–Tendré que ir a ver la casa –le informó él–. Por supuesto, cuando sea conveniente para ti y para tu padre. Estoy aquí con mi hermana durante unos días –dijo James–, por lo que cualquier día, incluso el domingo, me vendrá bien.

–Tal vez sea mejor que te llame más tarde cuando haya tenido oportunidad de hablar con mi padre.

–Por supuesto –dijo James. Se puso de pie y le entregó una tarjeta–. Puedes ponerte en contacto conmigo en cualquiera de esos números. Adiós... señorita Wilde.

Con eso, salió del despacho y se marchó. En el exterior del edificio, respiró profundamente, saboreando plenamente la satisfacción del momento. Sus ojos brillaron con frialdad. Debían de estar en una situación muy delicada si Aubrey Wilde había decidido alquilar su casa al hombre que, en el pasado, había sido considerado inadecuado para traspasar sus sagrados umbrales.

En cuanto oyó que se cerraba la puerta de la calle, Harriet llamó a Charlotte Brewster para informarle de lo ocurrido.

–James dijo que te conocía desde hace algunos años y pidió permanecer anónimo para poder sorprenderte –le informó Charlotte–. ¿Tuviste una relación estrecha con él?

–Cuando yo estaba estudiando, vino a mi casa para arreglarme un ordenador. Sin embargo, antes de que deje que James Crawford inspeccione mi casa, Charlotte, necesito saber cuánto dinero está dispuesto a pagar por ese privilegio.

–¡Acabas de sonar como Julia! –exclamó Charlotte riendo–. He oído que es editora de una de esas revistas de estilo. ¿Se ha casado?

–Todavía no.

–Y tú tampoco estás casada, pero resulta fácil identificar al amor de tu vida.

Harriet se quedó inmóvil.

–Evidentemente, River House significa más que nada en el mundo para ti –añadió Charlotte–, pero, si quieres mi consejo, no gastes tu amor en ladrillos y cemento. Un hombre no le viene nada mal a nadie, ¿sabes?

–Por muy fascinante que sea el asunto, Charlotte, creo que debemos hablar de negocios. ¿Cuánto va a pagar el señor Crawford por alquilar River House?

Harriet regresó a casa con un ánimo muy diferente al de la noche anterior. Aparte de un detalle, tenía buenas noticias para su padre. Después de cenar, subió a la casa principal. Encontró a su padre en la cocina, esperándola.

–¿Y bien? –le preguntó él ansiosamente–. Julia me dijo que hoy ibas a ir a ver a esa tal Brewster. ¿Tienes buenas noticias?

–Sí. Vayamos al despacho a tomar un café y te lo contaré todo.

Cuando estuvieron instalados en el despacho, Harriet informó a su padre de que había tenido una reunión con su primer cliente y le contó lo que el cliente estaba dispuesto a pagar por alquilar River House.

–Pero aquí es donde explotó la burbuja en la que estás ahora, papá.

–¿De qué se trata? –preguntó él. Estaba pensando tan contento en la cifra que tardó un tiempo en centrarse de nuevo.

–Para que esto funcione, solo se te ingresará una parte del dinero en tu cuenta personal. El resto irá a otra cuenta para el mantenimiento de River House, que estará a mi nombre. Julia está completamente de acuerdo conmigo en esto.

Aubrey asintió, completamente derrotado.

–Lo que tú digas, pero es un día muy triste cuando las hijas no confían en sus padres.

Harriet permaneció impasible.

–Charlotte Brewster me ha contado que tiene varias posibilidades más para River House, por lo que todo esto podría tener éxito, eso sí, a condición de que la casa y los jardines se mantengan en perfecto estado, para así poder atraer a futuros clientes.

–Entendido. Firmaré todo lo que quieras, cuando haya leído la letra pequeña, por supuesto.

–Por supuesto –repitió ella–. Por cierto, el cliente quiere inspeccionar la casa y los jardines en cuanto sea posible. ¿Quieres estar aquí cuando venga?

–¡Por supuesto que sí! Maldita sea, hija, ¡estamos hablando de mi casa! Asegúrate de que tú también estás presente.

–Como quieras. Prefiero no tener que faltar al trabajo, por lo que le sugeriré el sábado y le pediré a Will que deje el jardín impecable. Afortunadamente, dicen que el tiempo va a ser bueno durante el fin de semana.

–Entonces, el sábado –dijo Aubrey con tristeza–. Iba a ir a jugar al golf, pero lo cancelaré.

–Bien. Le pediré al cliente que venga a las diez.

–Por cierto, ¿quién es?

–El presidente del Live Wires Group.

–No sé quién es, pero debe de tener mucho dinero si está dispuesto a gastarse tanto para agasajar a sus empleados. Es mejor que hables con la señora Rogers para prepararla.

–A ella no la afectará mucho. De todos modos, Margaret siempre tiene la casa impecable y no se va a necesitar la cocina para la fiesta.

–Pero la gente estará por toda la casa.

–En ese caso no. Van a poner una carpa en el jardín

–Mejor. Bueno, si eso es todo, voy a salir un rato.

–Alégrate, papá. Esto es mejor que vender la casa.

–Tienes razón –dijo él con sentimiento. Entonces, le apretó la mano–. Eres una buena chica, Harriet.

Ella apartó la mano suavemente.

–Buenas noches, papá.

Harriet regresó a su casa. Entonces, llamó a Julia para informarle de lo ocurrido en la reunión y luego llamó a James.

–Soy Harriet. Harriet Wilde.

–No se me ha olvidado tu nombre. ¿Cuándo nos vemos?

–¿Te viene bien el sábado?

–Para ver la casa, sí, Harriet, pero tengo que verte a ti antes. ¿O acaso prefieres que te llame señorita Wilde?

–Como tú prefieras –replicó ella secamente–. ¿Para qué quieres verme?

–Me gustaría repasar contigo algunos puntos antes de reunirme con tu padre.

–¿Cuándo te gustaría venir a mi despacho?

–Prefiero que salgamos a cenar mañana por la noche.

Harriet estuvo a punto de dejar caer el teléfono.

–¿Crees que eso es absolutamente necesario?

–Por supuesto. Necesito que me aclares ciertos datos antes de que yo vaya a River House. No te preocupes –añadió con sorna–. No te estoy pidiendo una cita. Me alojo en casa de mi hermana y esta invitación es de Moira.

–Muy amable de su parte –replicó Harriet.

–¿Aceptas, entonces?

Harriet no hacía más que repetirse que debía pensar tan solo en el dinero.

–¿Dónde vive tu hermana?

–En un desvío que hay a tres kilómetros por la carretera de Oxford. Su esposo ha comprado hace poco la casa de la vieja rectoría de Wood End. Te iré a recoger a las siete y media.

–No, gracias –dijo ella rápidamente–. Estoy segura de que podré encontrarlo.

Harriet se sentía algo desconcertada cuando colgó el teléfono. James no podría recordarle el pasado en la casa de su hermana. Seguramente, el hecho de alquilar River House sería suficiente venganza para él. Sin embargo, durante un instante, ella podría haber jurado que, cuando se vieron en su despacho, él estuvo a punto de cambiar de opinión cuando se enteró de que ella no vivía en la casa. No creía que fuera a esperar hasta estar en la casa de su hermana para decirle que no quería alquilar la casa. Sabía que Moira había ejercido de madre para James y su otro hermano después de que sus padres murieran. Por el tono de voz que utilizaba para hablar de ella, Moira lo había hecho muy bien. A Harriet le había sorprendido saber que vivía muy cerca de allí.

Desgraciadamente, el James del que ella se había enamorado había cambiado hasta el punto de ser irreconocible. Llevaba el cabello más disciplinado y su cuerpo había ganado masa corporal y se había endurecido. Su manera de vestir era impecable, pero era su personalidad lo que había cambiado más significativamente. En los viejos tiempos, ella había adorado su sonrisa, pero aquel día ni siquiera la había visto. La ambición necesaria para construir una empresa no había dejado sitio para el encanto.

Al día siguiente, Harriet se aseguró de terminar su trabajo puntualmente para tener tiempo de prepararse para ver de nuevo a James. Él había sido su novio, pero no su amante. Como sabía que sería el primero para Harriet, le había dicho que esperarían hasta que se mudaran juntos. Decidió apartar los recuerdos del pasado para peinarse su exuberante melena. Era mejor enfrentarse a James con sus mejores armas. Se puso un vestido negro y unos pendientes de lágrima en las orejas. Entonces, justo cuando abrió la puerta para marcharse, vio que su padre se acercaba a su casa.

–Ah –dijo él, desilusionado–. Vas a salir. La señora Rogers me ha dejado mucha comida y esperaba que, por una vez, tú vinieras a cenar conmigo.

–Lo siento, papá. Voy a salir a cenar con un amigo.

El hecho de que Aubrey ni siquiera preguntara la identidad del amigo evidenciaba el estado de la relación entre ambos.

–En otra ocasión será, Harriet. Que te diviertas.

La casa de la vieja rectoría de Wood End databa del siglo XIX. Harriet estaba observándola cuando, al ver que James salía a recibirla, sintió que el corazón le daba un vuelco. Iba acompañado por una mujer.

–Buenas tardes, Harriet –dijo él mirándole el cabello.

–Hola –respondió ella sonriendo con serenidad–. ¡Qué casa más bonita!

–Esta es mi hermana –anunció James–. Moira, esta es Harriet Wilde.

–Bienvenida, Harriet –dijo Moira mientras sonreía afectuosamente al tomar las flores que Harriet le entregó–. Son preciosas. Gracias. Ahora, vayamos dentro. Ya estamos todos aquí. Mi marido te dará una copa mientras yo me ocupo de las flores.

¿Todos? Harriet siguió a Moira hasta el jardín. Allí, un hombre se puso de pie, seguido de dos mujeres jóvenes, una rubia con opulentas curvas y una morena menos espectacular.

–Marcus Graveney –dijo el hombre mientras le daba la mano–. Estas son mis hermanastras, Claudia y Lily.

–Hola –dijo Claudia sin entusiasmo alguno. Fue Lily la que compensó la situación con la calidez de su saludo.

Marcus le dio a Harriet la tónica que había pedido y la condujo a una de las cómodas butacas de mimbre.

–James dice que tú eres de por aquí.

–Sí. Soy contable en Barlow & Greer.

–¿No es eso terriblemente aburrido? –preguntó Claudia.

–Lo sería para ti –comentó James con indulgencia.

–Una relación más íntima con los números no te vendría a ti mal, señorita –le dijo su hermano.

–¿Te gusta tu trabajo? –le preguntó Lily.

–Sí –respondió Harriet–. Tenemos muchos clientes y conozco a muchas personas muy interesantes a través de mi trabajo.

–Me alegra que hayas podido venir esta noche –dijo James mientras se sentaba junto a Claudia.

–A menudo tengo que cenar con los clientes como parte de mi trabajo –le aseguró Harriet.

–Espero que no hables de trabajo también durante la cena, James –observó Claudia poniendo morritos.

–Durante la cena no –respondió él. Entonces, para consolarla le deslizó un brazo alrededor de la cintura–. Tomaré prestado el despacho durante unos minutos, Marcus, si no te importa. Así, Harriet y yo podremos hablar allí sin aburrir a tus hermanas.

Moira Graveney era una excelente cocinera. En otras circunstancias, Harriet habría disfrutado de la comida y de la agradable conversación. Sin embargo, con el brazo de James rozándole el suyo de vez en cuando y la hostilidad que rezumaba Claudia desde el otro lado de la mesa, resultó un alivio que Moira por fin dijera que todos podían ir al jardín a tomar el café.

–Harriet y yo tomaremos el nuestro en el despacho, cielo –le dijo James.

–Gracias por una deliciosa cena, señora Graveney –comentó Harriet.

–Llámame Moira.

James condujo a Harriet al despacho y cerró la puerta. Casi inmediatamente, alguien llamó a la puerta. James fue a abrir para dejar pasar a Claudia, que venía con el café.

–Gracias, cielo.

–No tardes mucho –susurró ella mientras le acariciaba la mejilla con una larga uña pintada de rojo.

Harriet sonrió cortésmente cuando James le entregó una taza de café.

–Gracias. ¿De qué querías hablar?

–Solo quiero tener cierta información antes de reunirme con tu padre –respondió él mientras tomaba asiento tras el escritorio–. Por primera vez, por cierto, aunque él trató de conseguir que me echaran de Combe Computers. ¿Sabe con quién está tratando?

–¿Que intentó qué?

–Sí. George Lassiter no me echó, afortunadamente. Simplemente me mandó a trabajar a Newcastle. Eso me alejó de ti, tal y como tu padre quería, pero me mantuvo en nómina con George. Incluso me concedió un aumento. Se me daba muy bien mi trabajo, ¿te acuerdas?

–No se me ha olvidado. No le he dicho a mi padre

quién eres aparte del cliente que va a pagar una buena cantidad por alquilar River House para una fiesta.

–Entonces, ¿podría ser que cuando yo me presente quiera anularlo todo?

–No. Está todo ya firmado. Mi padre no se puede echar atrás.

–Cuando la señora Brewster me sugirió River House, pensé que había oído mal –dijo él con una sonrisa que le provocó escalofríos a Harriet–. Era una oportunidad demasiado buena como para dejarla pasar.

–¿Para vengarse?

–¿Y qué si no? Sin embargo, tú ya no vives en la casa. ¿Qué diablos estás haciendo sola en la casa del guardés?

–Quería tener mi propia casa.

–Eso lo entiendo, pero, si era tu intención, ¿por qué no te instalaste en la ciudad? ¿O acaso no podías soportar estar demasiado lejos de papaíto? –le preguntó. Al ver que ella no respondía, la miró con curiosidad–. Pensé que ya estarías casada.

–Lo mismo pensé yo de ti.

–Después del modo en el que me trataste, le di la espalda a las relaciones sentimentales y me concentré en las cosas verdaderamente importantes de la vida, como el éxito y el dinero.

–Con resultados espectaculares. Enhorabuena –dijo ella. Entonces, se puso de pie–. Si eso era todo lo que querías, me voy a mi casa ahora mismo. Así podrás volver con Claudia.

–La has puesto muy celosa, Harriet –comentó él riendo.

–¿De verdad? ¿Por qué?

–Le dije que tú y yo tuvimos una aventura hace un tiempo.

–¿Una aventura?

–¿Y cómo si no describirías tú algo de tan poca importancia? –preguntó James en tono burlón.

Harriet bajó los ojos.

–Jamás lo había considerado así –replicó ella. Entonces, se miró el reloj–. Tengo que marcharme. ¿Te viene bien el sábado a las diez?

–Perfectamente –dijo James mientras le abría la puerta.

Harriet captó el aroma que emanaba del cuerpo de James al pasar a su lado, junto con algo más, tan familiar y tan peculiar de él que se sintió mareada.

–Eh, ¿te encuentras bien?

–Demasiado café –replicó ella mientras forzaba una sonrisa–, y demasiadas noche yéndome tarde a la cama.

–Estás muy pálida. Deja que te lleve a tu casa. Te devolveré tu coche mañana.

–No, estoy bien. Solo necesito meterme en la cama.

James la miró atentamente mientras se dirigían al jardín. Moira se levantó con una sonrisa al verlos.

–No habéis tardado mucho.

–Misión cumplida –dijo Harriet sonriendo–. Ha sido un placer conocerte. Gracias de nuevo por la deliciosa cena.

–¿Pero ya te marchas, querida? –preguntó Moira muy decepcionada–. Si es muy temprano y yo no he tenido oportunidad de hablar contigo.

Marcus se acercó a su esposa.

–Evidentemente, los de tu empresa te hacen trabajar demasiado, Harriet.

–Ahora tenemos mucho trabajo.

Harriet se despidió de Lily y de Claudia y, después, hizo lo propio con Moira.

–Te acompañaré a tu coche –dijo James.

–Ven a vernos en alguna otra ocasión –le pidió Moira mientras Harriet se marchaba.

Mientras la acompañaba a su coche, James le dijo:

–Evidentemente tú no quieres volver a venir aquí, ¿verdad?

–No –respondió Harriet con franqueza–. Tu hermana y tu cuñado me caen muy bien. Lily también, pero Claudia tiene algo en mi contra por esa «aventura» de la que tú le has hablado. Sin embargo, la principal razón para que no vuelva eres tú, James. Aún sigues enfadado conmigo.

–¿Acaso me culpas?

–En absoluto –contestó Harriet mientras se metía en el coche. Entonces, bajó la ventanilla y arrancó el motor–. El sábado entonces.

–Así es. Estaré allí a las diez. Tengo muchas ganas de conocer a tu padre.

Aquellas últimas palabras hicieron que Harriet sintiera un escalofrío por la espalda mientras se marchaba a su casa. ¿Acaso era su intención enfrentarse a su padre en River House para luego cancelar la reserva? Harriet se echó a temblar ante aquella posibilidad.

Capítulo 3

CUANDO le informaron de lo que iba a ocurrir en la casa, Margaret se puso a limpiar frenéticamente. Todos los muebles brillaban e incluso llamó a su marido para que fregara las ventanas por dentro y por fuera. La cocina relucía, por lo que Aubrey decidió comer fuera hasta que hubiera pasado el sábado para mantenerlo todo impecable. Cuando Harriet llegó a la casa el viernes por la tarde, Margaret estaba esperándola para que ella lo inspeccionara todo. River House tenía un aspecto inmejorable.

–Has trabajado mucho. Todo está maravilloso –le dijo Harriet muy agradecida.

–¿No echas de menos vivir aquí, Harriet? –le preguntó Margaret–. Me preocupa pensar que estás sola en esa casa.

–Me gusta.

–Pero seguramente algún día te casarás. No puedes seguir como si esta casa fuera tu responsabilidad para siempre. No soy yo quien debe decírtelo, pero no es normal que una chica lleve un peso tan grande sobre los hombros.

–Hice una promesa.

–Lo sé –respondió Margaret con tristeza–, pero tu madre también habría querido que tuvieras una vida.

No te ofendas —añadió golpeándole cariñosamente la mano.

—Claro que no. Gracias por todo, Margaret. No sé qué haría mi padre sin ti.

—No lo hago por él, querida. Yo también hice una promesa —dijo Margaret—. Ahora, debo marcharme a mi casa para prepararle la cena a John.

—Te ruego que le des las gracias en mi nombre. Ha ayudado mucho.

Su padre la interceptó cuando se disponía a salir de la casa.

—Dado que ese tipo quiere una carpa, vayamos a dar un paseo por el jardín.

Mientras paseaban por el jardín, comprobaron que las plantas estaban empezando a florecer. Harriet respiró el fresco aroma del césped recién cortado y trató de mirar el jardín como si fuera un posible cliente.

—John ha hecho un trabajo fantástico. Will dice que no lo habría conseguido sin él.

—Es un buen tipo —comentó Aubrey—. Habrá que pagarle.

—Por supuesto. Ahora que está jubilado, el dinero le vendrá muy bien.

Siguieron paseando por el extenso jardín, lo que no habían hecho desde hacía mucho tiempo. En realidad, habían pasado años desde que Harriet había estado verdaderamente a solas con su padre. Cuando regresaron a la casa, él sugirió que revisaran el interior de la casa, pero Harriet le dijo que ya lo había hecho ella con Margaret.

—Lo ha dejado todo aún más limpio que de costumbre. La casa está perfecta.

—Eso no es cierto. Solo lo estaría si tú regresaras a vivir aquí.

–Eso no va ocurrir, papá. Buenas noches. Te veré mañana por la mañana.

A la mañana siguiente, Harriet se despertó muy apesadumbrada al pensar en la mañana que la esperaba. Después de ducharse, se recogió el cabello aún mojado y se vistió con una camisa blanca y unos vaqueros. Entonces, fue a desayunar para empezar bien aquel día tan importante. No podía dejar de pensar que James iba a rechazar River House después de inspeccionarla.

Después de desayunar, se dirigió a la casa. Encontró a su padre paseando por la terraza. Estaba muy bien vestido, pero se mostraba visiblemente nervioso.

–Buenos días, Harriet. Hoy estás muy joven y muy guapa.

–Gracias, lo mismo digo. Por suerte, la predicción meteorológica ha sido acertada por una vez –comentó. Entonces, se tensó al escuchar el sonido de un motor que subía por el camino–. Nuestro cliente ha llegado.

Harriet esperó junto a su padre, consciente de que él estaba tan nervioso como ella. Cuando James se bajó de un descapotable negro, vestido prácticamente igual que Harriet, ella sintió que su padre se relajaba y deseó poder hacer lo mismo.

–Parece un tipo decente. Conduce un Aston Martin Volante –susurró Aubrey mientras James comenzaba a subir la escalera–. Buenos días –añadió su padre–. Bienvenido a River House. Mi nombre es Aubrey Wilde.

–James Crawford –respondió él mientras estrechaba la mano que Aubrey le ofrecía y lo miraba intensamente a los ojos–. Buenos días, señorita Wilde.

Harriet se obligó a sonreír.

–Buenos días. Hace un día precioso. ¿Empezamos el recorrido de la casa por el jardín o preferiría ver el interior de la casa en primer lugar?

–El jardín, por favor. Con un poco de suerte, el tiempo será bueno el día de la fiesta y no tendremos necesidad alguna de entrar en la casa.

–Si el tiempo fuera malo, no nos importaría que utilizara la casa, Crawford –le aseguró Aubrey–. Entre y eche un vistazo. Harriet se encargará de mostrárselo todo y luego podremos tomar café antes de visitar el jardín.

Resultaba evidente que Aubrey ignoraba por completo quién era James y que no le importaba alquilarle la casa para su fiesta.

–¿Le parece bien? –le preguntó Harriet.

–Por supuesto –dijo él–. Será un placer.

–Espléndido –afirmó Aubrey–. Volved a la cocina cuando hayáis terminado. Yo tendré el café preparado.

–Si quiere acompañarme, señor Crawford –dijo Harriet mientras lo conducía hacia el salón.

–No tiene ni idea de con quién está tratando, ¿verdad? –murmuró James mientras entraban en el enorme salón.

–¿Acaso quieres que se lo diga?

–No si eso te va a dificultar las cosas –comentó James mientras admiraba la estancia–. Por fin veo el interior de este lugar. Ahora entiendo que no quieras desprenderte de él. Sin embargo, ¿por qué diablos vives ahora en la casa del guardés?

–Razones personales. Ahora, si me sigues, te mostraré el comedor.

–Dios Santo –exclamó él mientras entraban en el comedor, que tenía una mesa enorme en el centro–. ¿Cenas aquí con él?

–No.

–Has cambiado mucho, Harriet.

–No es de extrañar después de tantos años –dijo ella encogiéndose de hombros–. Me dijiste que tenía que madurar, así que lo he hecho. Ahora iremos a visitar el despacho de mi padre...

–No es necesario entrar ahí.

–En ese caso, sígueme a la planta superior.

–Ya no necesito ver más de la casa. Concentrémonos en los jardines.

–Como desees –afirmó ella–. ¿Vamos primero a tomar ese café?

Aubrey estaba de un humor excelente cuando entraron en la cocina.

–Espero que no le importe tomarse su café aquí.

–Encantado. ¿Cocina usted con frecuencia, señor?

Aubrey se echó a reír.

–Me temo que no. De eso se ocupa mi maravillosa señora Rogers. Lleva años con la familia.

Harriet sirvió el café a su padre y se volvió a mirar a James.

–¿Cómo le gusta el café? –preguntó, a pesar de que ya sabía que lo tomaba solo.

–Solo, por favor.

Los dos hombres estuvieron charlando un rato. Después de unos minutos, James se puso de pie.

–Si está listo para mostrarme el resto, señor Wilde, tengo que marcharme en breve.

–Por supuesto –dijo Aubrey,

Harriet se puso también de pie. Estaba decidida a no dejarlos a solas.

–Si quieres, papá, yo le mostraré el jardín al señor Crawford.

–Espléndido. De todos modos, tú sabes más que yo. No te olvides del prado.

James le dio las gracias muy educadamente y siguió a Harriet al exterior para empezar a recorrer el jardín. Ella respiró aliviada al oír que arrancaba el coche de su padre. Además, parecía casi seguro que James iba a respetar su decisión de celebrar la fiesta en River House. Lo mejor era que Aubrey no sabía quién era James, seguramente porque había decidido borrarse de la cabeza la etapa rebelde de su hija. No era de extrañar. A Aubrey Wilde se le daba muy bien borrar los sucesos desagradables de su vida.

Resultó una extraña experiencia mostrarle a James el jardín. Durante el tiempo que habían pasado juntos hacía diez años, Harriet había estado tan decidida a mantener en secreto su relación que siempre se había reunido con él lejos de allí y jamás le había permitido llevarla a casa. La vez que fue a la casa del guardés para arreglarle el ordenador había sido la única vez que había estado en la finca.

—Es mucho más grande de lo que pensaba –comentó él mientras observaba la amplia pradera–. Poner una carpa aquí no supondrá ningún problema.

—No. Mi padre podría haberte dado más detalles sobre eso, pero...

—Pero tú querías apartarme de él tan pronto como pudieras por si él me reconocía y cancelaba todo esto. ¿Tan importante es para ti, Harriet?

—Sí. Necesitamos arreglar el tejado –afirmó ella mientras levantaba la barbilla.

—Y estás dispuesta a aceptar mi dinero para poder hacerlo.

—Sí. ¿Has visto ya todo lo que necesitabas ver? –dijo ella cuando llegaron frente a su casa.

—En realidad, no. ¿Puedo entrar?

—Por supuesto –dijo Harriet. No podía hacer otra cosa.

–Todo parece muy diferente –comentó él cuando entraron en el pequeño salón.

–A lo largo de los años he estampado mi personalidad.

–¿Años? ¿Cuánto tiempo llevas viviendo aquí?

–Bueno, al principio lo utilizaba como estudio. Cuando terminé mis estudios, esta casa se convirtió en mi hogar permanentemente.

–¿Puedo sentarme?

–Por supuesto. Hazlo en el sofá –respondió ella mientras tomaba asiento en el sillón.

–Cuando me presenté esta mañana, esperaba que tu padre me echara de la finca. Me llevé una cierta desilusión al notar que no me reconocía.

–En el pasado solo hablé de ti en una ocasión, cuando dije que me iba a vivir contigo. Solo dije que te llamabas James, pero él debió de averiguar tu nombre completo para conseguir que tu jefe te despidiera, o te mandara a Newcastle tal y como hizo al final.

James se encogió de hombros.

–Simplemente le dijo a George Lassiter que despidiera al técnico que se había atrevido a hacerse ilusiones con su hija. George sabía exactamente quién vino aquel día aquí, por lo que tal vez no se mencionó nunca mi apellido.

–Seguramente tienes razón. Yo estaba muy nerviosa antes de que vinieras –añadió con una sonrisa.

–Lo noté. Si no quieres vivir en esa casa maravillosa con tu padre, ¿por qué diablos sigues aquí, Harriet? No puede ser lealtad filial, porque incluso para un observador casual, algo que yo no soy, resulta evidente que los dos no tenéis una buena relación.

–Adoro esta casa.

–La casa en la que te niegas a vivir. ¿Acaso esperas heredarla algún día?

–Tengo dos hermanas. Todo se dividirá entre las tres. ¿Te apetece algo de beber? –le preguntó ella mientras se ponía de pie.

–No, gracias. Es mejor que me marche –respondió poniéndose también de pie–. Me ha gustado volver a verte.

–¿De verdad? Pensaba que aún albergabas resentimientos pasados.

–Ya no. Eras solo una niña cuando rompimos y ahora que he venido a River House entiendo por qué no podías abandonarla.

–En realidad, no lo entiendes –le informó ella mientras se dirigía hacia la puerta.

–En ese caso, ilústrame.

–No hay razón para hacerlo. Todo ocurrió hace mucho tiempo. Desde entonces, tú has progresado mucho y yo sigo en el mismo sitio en el que nos conocimos.

–Y yo sigo queriendo saber por qué.

Por primera vez desde que Harriet lo vio después de tanto tiempo, James sonrió del modo que había hecho que se enamorara desesperadamente de él.

Harriet sacudió la cabeza.

–No se trata de ningún misterio, pero no deseo compartirlo.

Con nadie, pero menos aún con un hombre como James Crawford. La verdad era sencilla. A su padre le encantaba el prestigio que daba poseer una casa como River House, pero no la responsabilidad de cuidarla. Abrió más aún la puerta y se hizo a un lado.

Al notar que él le agarraba un mechón de cabello, lo estiraba para deshacer el rizo y lo soltaba luego para permitir que volviera a tomar forma, se estremeció.

–Siempre me encantó hacer eso. Tu cabello es lo único de ti que no ha cambiado.

–No es de extrañar. Yo era una adolescente cuando nos conocimos, James. Ahora soy una mujer adulta. Antes de que te vayas, dime la verdad, James. ¿Por qué has decidido alquilar River House?

–Soy un hombre de negocios, Harriet –afirmó él encogiéndose de hombros–. Conocí a Charlotte Brewster, me interesó a lo que se dedicaba y le dije que tenía en mente una fiesta. Ella me sugirió tu casa como el lugar ideal y, por evidentes razones, yo aproveché la oportunidad. Haré que os envíen invitaciones a tu padre y a ti. ¿Te vas a esconder o vendrás a la fiesta?

Harriet se sentía muy contenta de que él no hubiera cancelado la reserva, por lo que sonrió alegremente.

–Gracias por la invitación. Me encantaría asistir.

James se marchó sumido en sus pensamientos. La razón que le había llevado a alquilar River House era sencilla. Había sido una oportunidad divina para vengarse de los Wilde por cómo le habían tratado diez años atrás. Su primera intención había sido que, cuando la fiesta terminara, asegurarse de que Aubrey Wilde supiera exactamente quién le había pagado un buen dinero por alquilar su casa y luego marcharse de allí sin mirar atrás. Sin embargo, el hecho de encontrarse con Harriet lo había cambiado todo. A pesar de su encorsetada imagen de contable, lo turbaba más de lo que deseaba. Verla aquel día con camisa y vaqueros y el cabello suelto, más parecida a la muchacha que él había adorado, lo llevó a tomar una decisión. Como Moira vivía tan cerca, sería muy fácil ir y venir para ver qué era lo que terminaba ocurriendo con Harriet.

Capítulo 4

NICK Corbett era relativamente un recién llegado a la ciudad. Desde el día en el que había sustituido a Aubrey en el banco, también había adquirido una actitud bastante protectora hacia Harriet. Ella lo encontraba bastante divertido y no ponía objeción alguna a pasar alguna velada en su compañía.

—Esto está bien —dijo él después de que el camarero les llevara sus bebidas—. Siempre me siento muy relajado en tu compañía, Harriet, lo que supongo que no debería sorprenderme. Heredé el trabajo de tu padre, por lo que podríamos decir que casi soy de la familia.

—Eso es exagerar un poco —comentó Harriet riendo.

—Con el cabello suelto, estás completamente diferente —dijo él—. Deberías soltártelo más a menudo.

—No iría con mi imagen como contable —replicó ella mientras se encogía de hombros.

Nick se echó a reír y se puso a mirar el menú.

—¿Qué te apetece esta noche?

—Prácticamente lo que sea.

—En eso estoy contigo —comentó él con una carcajada—. Por cierto, no mires ahora, pero hay un tipo en el bar que nos está observando. ¿Es amigo tuyo?

Harriet sintió que el alma se le caía a los pies cuando vio a James junto a la barra del bar con Claudia. Él saludó ligeramente con la cabeza cuando los ojos de ambos se cruzaron y deslizó un brazo alrededor de la cintura de su compañera para marcharse con ella.

–¿Lo conoces? –preguntó Nick.

–Es un conocido, sí.

La llegada del camarero distrajo a Nick de hacer más comentarios hasta que estuvieron en el comedor. Allí, Harriet vio que toda la familia Graveney estaba cenando con James. Lily alertó a Moira y a Marcus y los tres saludaron con la mano y una sonrisa en los labios. Claudia se pegó un poco más a James.

–¿Solo un conocido? –murmuró Nick.

–En realidad es más bien una especie de cliente –dijo Harriet, resignada, antes de explicar lo que les unía.

–Entonces, él es James Crawford –comentó Nick, impresionado–. He oído hablar mucho sobre él recientemente. Menuda historia de éxito la suya. ¿Y por qué va a utilizar tu casa para celebrar su fiesta?

–Un cliente mío se lo sugirió a él.

–¿Y tu padre ha accedido?

–Solo después de mucha persuasión –explicó Harriet sin entrar en más detalles–. Aquí viene nuestra cena.

Por tercera vez aquella semana, Harriet dejó de disfrutar una cena que normalmente habría degustado con placer y, de nuevo, la culpa era de James. Sonrió afablemente cuando los Graveney se detuvieron junto a su mesa antes de abandonar el comedor. James habló brevemente con Nick antes de dirigirse a Harriet.

–Me marcho mañana, pero volveré con tiempo más que de sobra para el gran día. Tienes mi número, así que no dudes en llamarme si tienes alguna pregunta.

–Por supuesto –dijo Harriet con una sonrisa. Entonces, se dirigió a Moira–. ¿Vas a asistir tú también a la fiesta?

–No me la perdería por nada del mundo, Harriet.

–Venga, vayámonos –dijo Marcus–. Ha sido un placer volver a verte, Harriet.

–Por favor, ven a vernos pronto a casa –sugirió Moira afectuosamente.

–Eres muy amable. Lo haré –prometió Harriet mientras evitaba la mirada cínica de James.

Cuando volvieron a quedarse solos, Nick observó a Harriet con interés.

–¿Cuánto tiempo hace que conoces a Crawford?

–Lo conocí brevemente hace algunos años, cuando yo aún estaba estudiando.

–Pues la rubia esa tan guapa no parecía estar muy contenta contigo.

–¿Tú crees? No me he dado cuenta –dijo Harriet mientras se levantaba rápidamente–. Gracias por la cena, Nick. Si no te importa acompañarme a mi coche, voy a marcharme.

Nick se levantó inmediatamente muy alarmado.

–Aún es muy temprano, Harriet. Esperaba que te vinieras a tomar café a mi casa.

–Esta noche no. Gracias de nuevo.

–Tenemos que repetir muy pronto.

–Por supuesto. Llámame. Buenas noches.

Harriet regresó a casa muy pensativa. El hecho de encontrarse con James había estropeado la velada y Nick se había dado cuenta. De todos modos, aunque no hubiera visto a James, no se habría marchado a casa de Nick. Él había estado muy raro toda la noche. A Harriet le parecía que no había sido buena idea soltarse el cabello. Suspiró y aparcó junto a su casa.

A medida que la fecha para la fiesta se iba acercando, Harriet se sorprendió al descubrir que a su padre estaba cada vez más emocionado. Cuando Charlotte les proporcionó un listado de posibles futuros clientes, se mostró encantado.

—Increíble —le dijo Harriet a Julia cuando se lo contó—. Jamás me imaginé que estaría tan a favor.

—Tienes razón. ¿Qué es lo que piensa Miriam de todo esto?

—Aún no ha vuelto del crucero.

Julia se echó a reír.

—Estoy segura de que arderá Troya cuando se entere. Por cierto, si vas a asistir a la fiesta, ¿qué te vas a poner?

—El vestido que llevaba puesto la última vez que me viste.

—No es un vestido de fiesta, Harriet. Por el amor de Dios, cómprate algo nuevo.

—En este momento no me lo puedo permitir.

—Sé que fue necesario aportar un dinero extra para acondicionar la casa y el jardín. ¿Ha salido ese dinero de tu bolsillo?

—No puedo negártelo, Julia. Necesito que este evento sea un éxito para poder anunciarnos a otros clientes. Y una casa y un jardín en perfecto estado eran parte del trato.

—¿Has organizado la publicidad en la prensa?

—De eso se ha encargado Charlotte.

Más tarde aquel mismo día, James llamó para decir que los de la carpa iban a ir a River House a primera hora de la mañana.

—Bien. Yo no estaré, pero se lo diré a mi padre. ¿Vas a venir tú también con ellos?

—No. Mañana estoy muy liado, pero mi asistente se ocupará de todo. No cambies de opinión sobre lo de venir a la fiesta el sábado —le dijo James después de una pausa.

–Ya te he dicho que iré, aunque solo sea para asegurarme de que todo va bien.

–Tendré personal de seguridad para que se ocupe de eso, así que simplemente tendrás que relajarte y disfrutar de la tarde. Por cierto, ¿envío una invitación al amiguito con el que estabas cenando la semana pasada? Me temo que se me ha olvidado su nombre.

–No será necesario –dijo Harriet secamente–. ¿Querías algo más?

–Por el momento no. Me mantendré en contacto.

Al día siguiente por la mañana, Margaret llamó a Harriet a su despacho. Se trataba de algo tan poco frecuente que Harriet palideció temiéndose lo peor.

–¿Qué ocurre, Margaret?

–Nada en absoluto, querida. Simplemente te llamo para hacerte saber que un mensajero trajo un paquete a la casa porque fue a la tuya y no obtuvo respuesta y había que firmar la entrega. ¿Le digo a John que te lo lleve a tu despacho?

–No hay necesidad de molestarlo. No he pedido nada, por lo que no puede ser urgente. ¿Podrías dejármelo en mi casa cuando te marches a la tuya?

–Por supuesto. Los de la carpa ya están aquí. Tu padre está con ellos, dirigiendo las operaciones.

–Eso le gustará.

–Espero que todo salga bien mañana, Harriet.

–Yo también, Margaret. No sé cómo decirte lo agradecida que estoy por todo el trabajo que John y tú habéis puesto en todo esto.

–Hemos estado encantados de hacerlo. Tú disfruta de la fiesta.

Harriet dudaba que fuera a ser así. El motivo que

James tenía para invitarla resultaba más que evidente. Quería que Harriet Wilde y su padre fueran testigos de su éxito en el único lugar garantizado para hacer que la celebración fuera doblemente triunfante para él. Sin embargo, Harriet no podía dejar de temerse que él pudiera utilizar la ocasión para humillar a los Wilde de alguna manera.

Aquella tarde, trabajó deliberadamente hasta muy tarde para asegurarse de que su padre estuviera fuera cuando ella llegara a casa por si quería mostrarle la carpa. Sin embargo, cuando aparcó frente a su casa, vio que era James quien la estaba esperando para hacer eso precisamente.

–Ven a ver que todo está a tu gusto ahora que la carpa está instalada –le dijo en cuanto Harriet salió del coche.

–¿No debería estar todo a *tu* gusto? Se trata de tu fiesta, de tu dinero...

–Pero es tu casa. Por cierto, llegas muy tarde.

–Tenía algunos asuntos que terminar antes de marcharme de mi despacho –mintió.

–Pareces cansada.

–Te agradecería mucho que no siguieras con eso. Por supuesto que estoy cansada. Trabajo mucho y tengo diez años más de los que tenía entonces. Ahora, vayamos a ver esa carpa para que yo me pueda ir a mi casa.

–No quiero entretenerte más –dijo él fríamente–. Inspecciónala tú misma por la mañana. Buenas noches.

Con eso, se alejó de ella, preguntándose por qué no podía sacársela del pensamiento después de haberla vuelto a ver. Había estado completamente seguro de que, si volvían a encontrarse, ella no significaría para él nada más que un error que había cometido en el pasado. Sin embargo, con solo mirarla aquel día en el banco, parecía haber provocado que el reloj volviera atrás en el tiempo. No hacía más que buscar oportunidades para volver a verla, igual que el adolescente enamorado que había sido diez años atrás. Por suerte, todo terminaría cuando la fiesta hubiera pasado.

Harriet se maldijo por haber perdido el control y se metió en su casa mientras James se marchaba. Tras dejar el maletín, comenzó a retirar las horquillas con las que se había sujetado el cabello. Mientras se preparaba un café, vio que Margaret le había dejado una empanada en la cocina.

Tomó su taza y se la llevó al salón. El misterioso paquete la estaba esperando encima del sofá.

De repente, se sintió tan emocionada como una niña. Dejó la taza sobre la mesa y tomó el paquete. Lo desenvolvió y vio que se trataba de una caja muy elegante que venía acompañada de una nota.

Tal vez me consideres una de las tres hermanastras, Cenicienta, pero, solo por una vez, voy a ser el Hada Madrina. Te envío un vestido de muestra que me dieron y que, desgraciadamente, es demasiado pequeño para mí. ¡Cómprate unos zapatos de escándalo, suéltate el cabello y disfruta del baile!

Harriet sacó el vestido y lo colocó con mucho cuidado sobre el respaldo del sofá. Se trataba de un vestido de corte recto, con un profundo escote palabra de honor, realizado en pura seda de color rojizo. Ella lo tomó y subió rápidamente las escaleras para probárselo. Le llegaba a las rodillas y le sentaba tan bien que parecía hecho expresamente para ella. Se miró fijamente, encantada de lo que veía. Inmediatamente, llamó a Julia.

—Estaba a punto de salir, Harriet. ¿Has recibido el paquete?

—Claro que sí. Ha sido una sorpresa maravillosa. Muchas gracias. ¿Es un vestido muy caro?

—Para ti no, Cenicienta. Considéralo mi regalo de cumpleaños por adelantado. ¿Te sienta bien?

—Perfectamente.

—En ese caso, considéralo mi contribución a la causa general. Enarbola la bandera de los Wilde con orgullo mañana y diviértete.

—Lo haré. Gracias de nuevo. Te debo una.

Se quitó el vestido con gran cuidado y luego se puso unos vaqueros y una sudadera para poder preparar una ensalada que tomarse con la empanada. Antes de que pudiera ponerse a cenar, sonó el timbre de la puerta. Con un suspiro, abrió la puerta a su madrina, que entró en la casa con gran indignación.

—¿Qué demonios está pasando, Harriet? ¿Por qué hay una carpa? —le preguntó Miriam Cairns—. Si Aubrey va a dar una fiesta, ¿por qué no se me ha invitado a mí?

—No es papá el que va a dar una fiesta, Miriam. ¿Lo has pasado bien en tu crucero? ¿Cuándo has regresado? ¿Te puedo preparar un bocadillo o algo así? Yo estaba a punto de cenar.

—Llegué ayer. No quiero nada para comer, gracias, pero algo de beber me vendría bien. ¿Tienes jerez de buena calidad?

—Lo siento. Ni siquiera tengo jerez de mala calidad. ¿Un té?

Miriam se sentó en el sofá con un aspecto muy preocupado.

–Está bien. Luego tómate la cena. Pareces cansada.

Harriet frunció el ceño mientras conectaba el hervidor de agua. Estaba muy harta de que la gente le dijera que parecía cansada. Terminó de preparar el té y se lo llevó a Miriam.

–Gracias, querida. Ahora, te ruego que me expliques qué es lo que está pasando.

Harriet se llevó su comida al sillón y se puso a cenar mientras se lo explicaba a Miriam.

–Vaya, vaya –dijo cuando terminó de escuchar–. Entonces por fin Aubrey se ha visto obligado a ceder. Sabía que había perdido mucho dinero con algunas acciones, pero no tenía ni idea de que se hubiera gastado todo lo que Sarah le dejó. ¿Por qué no me lo habías dicho antes? Sarah siempre me contaba todo. Ella querría que tú confiaras en mí –añadió en tono militante.

–Lo intenté en el pasado, si no se te ha olvidado, pero no saqué nada.

–¡Dios Santo! ¿Aún estás pensando en eso, niña? De eso hace años. Si te hubieras salido con la tuya, ahora estarías viviendo en una casita, cocinando para tu marido e hijos, sin un céntimo que poder gastarte...

Miriam se detuvo en seco.

–Sí, y en vez de eso, vivo en esta casita, sin hijos ni marido, trabajo mucho para mantenerme y no tengo ni un céntimo que poder gastarme –le dijo Harriet–. Tenemos que reparar el tejado urgentemente, Miriam, por lo que no me quedó más remedio que convencer a papá para alquilar la casa para la fiesta. Si hay suerte y tiene éxito, atraerá mucha publicidad y posiblemente habrá más personas interesadas en hacer lo mismo.

–Y todo eso porque le prometiste a Sarah que cuidarías de la casa de su familia. Sabía que tú serías la única que lo haría. Aubrey era tan solo un empleado de banco cuando lo conoció, muy guapo, por supuesto. Y Sarah no solo era guapa, sino que era la señorita Sarah Tolliver de River House. Tu padre, como ya sabes, provenía de una familia más humilde y ansiaba llegar lejos. Sarah era la llave para un nuevo estilo de vida para él y se aseguró de quedársela.

—¿Qué quieres decir?

—Venga ya, querida. ¿Por qué crees que tu abuelo dejó que Sarah se casara con un don nadie como Aubrey? —le preguntó Miriam. Al ver que Harriet comprendía lo que ella le quería decir, asintió maliciosamente—. Cuando Sarah le dijo a su padre que estaba embarazada, a él no le quedó elección. Utilizó sus contactos para conseguir que a Aubrey lo ascendieran, pero jamás lo aceptó en la familia. Aubrey hizo todo lo que pudo para encajar, pero tu abuelo permaneció impasible. Desde luego, esto a Aubrey le importó un comino. River House era ya su casa. Supongo que ahora comprenderás por qué se enojó tanto cuando tú le dijiste que te marchabas a vivir con un muchacho que reparaba ordenadores. Creyó que la historia iba a volver a repetirse.

—A ti tampoco te gustaba la idea —le reprochó Harriet.

—Cierto. Sinceramente, me pareció que sería mejor esperar...

—Desgraciadamente, mi hombre no podía hacer algo así.

—Lo que demuestra que hiciste muy bien en librarte de él. ¿Lo has vuelto a ver?

—Hace bastante poco.

—¿Y quién es? Venga, niña. Es como sacar agua de una piedra. Yo nunca supe quién era. Fuiste muy hábil al mantener apartado de la familia a tu misterioso novio.

–Porque sabía exactamente lo que ocurriría si papá y tú os metíais –replicó Harriet. Sus ojos oscuros parecieron soltar chispas–. Y así fue.

–Pero estoy segura de que ya has superado todo eso.

–Por supuesto. Ese hombre está ahora fuera de mi alcance –dijo Harriet con una dulce sonrisa–. Es el presidente de Live Wires Group, el que va a pagar a papá mucho dinero por alquilar River House mañana para una fiesta.

–¡Dios santo! ¿Hablas en serio? –le preguntó Miriam mirándola completamente atónita–. ¿Y Aubrey accedió a algo así?

–Sí.

–¿Lo conoce?

–Sí. James vino aquí para hablar con él sobre la fiesta, le dijo su nombre y le dio la mano. Sin embargo, hace diez años, yo me ocupé de que mi padre jamás supiera el nombre de mi novio, así que, en lo que se refiere a papá, James Crawford es tan solo el hombre que va a pagar mucho dinero por el privilegio de alquilar la casa familiar de los Wilde. Papá incluso ha aceptado una invitación para la fiesta.

–¿Y cuándo vas a decírselo?

–No tengo planeado hacerlo. Ya lo descubrirá en su momento, aunque no tendrá importancia alguna cuando así sea. Firmó un contrato y la mayoría del dinero ya se ha pagado en una cuenta de la que solo yo puedo sacar dinero y que es exclusivamente para el mantenimiento de River House. Y Julia me apoya en todo esto.

–Eso es una novedad. Jamás habéis estado muy unidas.

–Al menos Julia cambió de opinión cuando vio que la situación era tan desesperada. Incluso me ha enviado un vestido para ponerme mañana por la noche.

–Teniendo en cuenta a lo que se dedica, seguramente no le ha costado nada.

–Pero ha pensado en mí. Y lo importante es que a
mí tampoco me ha costado nada.

Miriam se levantó.

–Se me está ocurriendo ir a ver a Aubrey ahora
mismo y preguntarle qué esperaba al dejar que las cosas se le escaparan tanto de las manos...

–Ha salido y no va a regresar a casa hasta tarde –se
apresuró a decir Harriet.

–¡Como siempre! En ese caso, me marcho y dejaré
que tú te marches a la cama. No te levantes tan temprano mañana para que puedas tener el mejor aspecto
posible mañana por la noche, aunque me sorprende
que hayas accedido a ir.

–Necesito echarle un ojo a las cosas.

–¿Acaso sigues suspirando por ese hombre? –le
preguntó Miriam astutamente.

–Te puedo asegurar que no –dijo Harriet sonriendo
dulcemente–. Sin embargo, aunque así fuera, sería yo
quien tendría que decidir al respecto, madrina. Ya no
tengo diecinueve años.

Miriam sacudió la cabeza tristemente.

–Eres muy rencorosa.

–Exactamente lo que papá descubrió hace mucho
tiempo.

Capítulo 5

LOS PLANES que Harriet tenía para levantarse tarde a la mañana siguiente se vieron truncados por el ruido de los vehículos que pasaban por debajo de la ventana de su dormitorio con entregas para la fiesta. Al final, terminó rindiéndose. Se levantó, se vistió, leyó el periódico durante el desayuno y se dirigió al porche para ver lo que estaba ocurriendo. Descubrió que su padre estaba haciendo lo mismo.

—Buenos días, Harriet.

—Buenos días. Pensé que estarías dirigiendo las operaciones.

—Lo hice el día en el que instalaron la carpa, pero no voy a hacer lo mismo con los del catering. Es una cena formal, gracias a Dios.

—¿Y qué esperabas?

—Bueno, nunca se sabe. Afortunadamente, Crawford parece un hombre bastante civilizado.

Estuvieron observando la actividad que había en la carpa durante un rato, hasta que Harriet se tensó al darse cuenta de que había un coche muy familiar que se acercaba para aparcar cerca de ellos. James salió, seguido de Lily. Esta se acercó corriendo a saludar a Harriet.

—Espero que no te importe. Cuando James me dijo que iba a venir a comprobar cómo iba todo, le hicimos que nos trajera también a nosotros. Buenos días, soy Lily Graveney –le dijo a Aubrey mientras extendía la mano–. Evidentemente, usted es el señor Wilde, el padre de Harriet. Encantada de conocerle.

Aubrey le dedicó la mejor de sus sonrisas y le estrechó la mano.

–Lo mismo digo. ¿Quién es esta encantadora señorita? –añadió, al ver que Claudia se reunía con ellos.

–Soy la hermana de Lily –respondió ella.

–Bienvenidas a las dos. Y usted también, Crawford –comentó Aubrey cuando James se acercó.

–Gracias, señor. Siento venir tan temprano, pero tenía que asegurarme que todo iba bien y estas dos insistieron en acompañarme. Buenos días, Harriet. Espero que no te hayamos despertado demasiado temprano.

–No pasa nada –dijo Aubrey jovialmente–. Harriet siempre se levanta al alba. Ahora, si me perdonáis todos, debo marcharme. Tengo que estar en el club dentro de poco.

–Nos veremos esta noche, señor –dijo James. Entonces, se volvió a mirar a Harriet–. ¿Quieres venir a ver la carpa con nosotros?

–Esperaré a verla en toda su gloria esta noche.

James asintió fríamente.

–Como quieras. Vamos chicas.

Claudia entrelazó el brazo con el de James con gesto posesivo, pero Lily se entretuvo un poco para mirar la casa.

–Tienes una casa tan bonita, Harriet. Nos vemos luego.

Harriet volvió a entrar en casa. De repente, sintió unos irrefrenables deseos de pasar el día en la ciudad, mientras durara todo aquel jaleo. Sin embargo, si todo salía bien, aquello llegaría a formar parte de la vida rutinaria de River House. Mientras los ruidos trajeran también dinero para la casa, Harriet lo podría soportar.

Cuando regresó aquella tarde a su casa, escuchó que el sonido de un piano sonaba en la carpa. Vio que esta estaba ya iluminada y que habían entrelazado guirnaldas de luces entre las ramas de los árboles. Había una gran expectativa flotando en el ambiente. Respiró profundamente y sonrió. Si tenía que ir a la fiesta aquella noche, lo mejor sería que disfrutara. Cuando se disponía a entrar en su casa, vio que su padre se acercaba corriendo.

–Me alegra haberte visto, Harriet. ¿Crees que esta noche debería ponerme esmoquin?

–Se trata de una fiesta para los empleados de James Crawford, papá. Me imagino que será menos formal de lo que estás imaginando. Con uno de tus trajes será más que suficiente.

–Tienes razón. ¿Te vas a poner tú un traje de noche?

–No. No te preocupes, papá. No te defraudaré.

–Jamás imaginé que lo hicieras.

–Por cierto, Miriam vino a verme anoche. Se puso furiosa al ver la carpa. Pensaba que ibas a celebrar una fiesta y que no la habías invitado.

–¡Como si yo me fuera a atrever a eso! ¿Qué dijo cuando le explicaste lo que ocurría?

–Bastante. Ya conoces a Miriam.

–Es cierto.

–Es mejor que me vaya y me vaya arreglando. Hoy no has jugado una partida muy larga.

–En realidad no he ido a jugar. Simplemente he almorzado con una persona.

Harriet frunció el ceño y regresó a su casa. Su padre a menudo almorzaba con sus amigos en el club. ¿Por qué no había mencionado de quién se trataba?

Harriet estaba terminando de prepararse cuando oyó que las notas del piano comenzaban a entrelazarse con las voces de los primeros en llegar. Se abrochó el vestido, se puso unos pendientes de perlas y diamantes de su madre y se calzó unos zapatos color beis que se había comprado en la zapatería más cara de la ciudad. Entonces, bajó para abrirle la puerta a su padre. Aubrey estaba muy elegante con uno de sus trajes oscuros. Al ver a Harriet, los ojos se le llenaron de lágrimas.

—Esta noche estás igual que tu madre, Harriet. Con ese vestido estás muy guapa.

—Julia me lo envió como regalo de cumpleaños anticipado.

—Muy bien hecho. Bueno, vayamos a la fiesta. Sugiero que regresemos a la casa y que salgamos por la puerta principal.

—La última vez que tomamos champán en la terraza fue en la boda de Sophie —comentó Harriet.

Su padre se detuvo en seco.

—¿Sabe Sophie lo que está ocurriendo esta noche?

—Ni idea. Es Julia la que se encarga de contárselo todo.

—Si supiera que hay una fiesta, ya estaría aquí —dijo Aubrey muy pensativo. Abrió la puerta principal y esperó a que Harriet saliera al exterior.

Sin embargo, ella se detuvo en seco. Estaba cegada por una andanada de flashes.

—¡Dios santo! —musitó mientras bajaban por la escalera—. No esperaba eso.

–Te lo mereces con lo guapa que estás –comentó su padre demasiado secamente.

Se dispararon más fotos cuando James se acercó a darles la mano. Harriet sintió que el corazón amenazaba con salírsele del pecho.

–Está maravillosa, señorita Wilde. Buenas tardes, señor. Venga a conocer a mi hermana y a su familia.

Los Graveney estaban tomando champán con Claudia y Lily.

–Señor Wilde, le presento a mi hermana Moira Graveney y a su esposo Marcus. Ya conoce a las hermanastras de Marcus, y este es Dominic Hall, el novio de Lily.

Moira, que iba elegantemente vestida de azul, felicitó a Aubrey por la hermosa casa que tenía.

–Ha sido muy amable de su parte dejar que James la utilizara para su fiesta.

–En absoluto, querida. Estoy encantado.

Marcus estrechó la mano de Harriet.

–¿Te puedo decir que esta noche estás guapísima?

–Claro que puedes –respondió ella con una radiante sonrisa–. Y vosotras dos también –añadió, refiriéndose a Claudia y a Lily.

Lily se echó a reír.

–Te aseguro que tú brillas más que nosotros.

Claudia se encogió de hombros.

–Hemos ido a lo seguro.

¿Seguro? Tacones de vértigo y un vestido negro con una falda escandalosamente corta le daban a Claudia una apariencia muy peligrosa.

James se aseguró de que todos tuvieran algo de beber y luego se excusó para irse con sus empleados. Harriet lo observó por encima del borde de la copa y vio que se iba deteniendo para charlar con la gente.

Moira se acercó a ella.

–En estas ocasiones, James siempre se asegura de que todo el mundo se esté divirtiendo.

–¿Celebra fiestas a menudo?

–Normalmente dos veces al año, pero esta es una ocasión especial.

–¿Quién es el hombre que va acompañando a tu hermano?

–Es David Walker, su asistente personal. ¿Y tú, Harriet? –le preguntó cuando rechazó la copa de champán que le ofrecía un camarero.

–Entre tú y yo, no me gusta mucho. Es simplemente por tener algo en las manos.

–Yo hago lo mismo –confesó Moira–. Hasta en mi boda tomé solo limonada.

–¿Estás hablando de tus costumbres a la hora de beber, mujer? –le preguntó Marcus.

–Yo hago lo mismo que Moira –le dijo Harriet sonriendo–. Soy popular cuando salgo con mis amigos. Yo soy la que al terminar lleva a todo el mundo a casa.

Justo en aquel momento, David Walker se acercó para anunciar que la cena estaba servida. Aubrey le ofreció el brazo a Moira.

–¿Vamos, señora Graveney?

–Llámame Moira, por favor –respondió ella.

James regresó para acompañar a su familia a la carpa. Esta parecía un lugar mágico, llena de mesas con flores, relucientes lámparas y la suave música del piano.

En el momento en el que James entró, se escuchó un dramático arpegio de notas para anunciar su llegada. Todo el mundo comenzó a aplaudir.

–Tu hermano es un hombre muy popular –dijo Aubrey.

Moira asintió muy emocionada. Harriet, por su parte,

sintió los celos casi como un dolor físico cuando Claudia levantó los ojos y miró a James con posesión. Sabía que tenía que recordar que James ya no era nada para ella. Se sentó entre James y Marcus en la mesa de honor, mientras que Moira se sentó entre su hermano y Aubrey. Claudia tuvo que sentarse enfrente, junto a un joven que James les presentó a todos como Tom Bradfield. Lily, por su parte, estaba sentada junto a su novio. Los dos parecían absortos el uno en el otro.

—Ruego silencio a todo el mundo. El señor James Crawford —anunció David Walker.

Harriet se tensó al ver que James se ponía de pie. Se preguntó si aquel sería el momento que él había elegido para que su padre se enterara de quién era exactamente el hombre que había pagado para disponer de su casa aquella noche. En vez de eso, James agradeció a sus empleados la dedicación que mostraban hacia la empresa, dio la bienvenida a los recién llegados y confió en que aquella absorción condujera a un futuro mejor para todos. Finalmente, hizo una inclinación de cabeza a Aubrey y a Harriet y levantó su copa para darles las gracias por haberle permitido utilizar su hermosa casa para una ocasión tan especial.

James se volvió a sentar en medio de un sentido aplauso. Harriet se sintió profundamente aliviada, al menos por el momento.

James le preguntó qué le parecía la carpa.

—Me gusta mucho. Bien, James, ¿estás contento ahora? ¿Te está dando todo esto la satisfacción que estabas buscando?

—Todavía no. Tu padre sigue sin saber quién soy yo.

—Pero lo sé yo. Supongo que eso sí te supondrá algo de satisfacción —le dijo Harriet con una brillante sonrisa. Entonces, se volvió a hablar con Marcus.

Cuando la cena hubo terminado, todo el mundo salió al exterior de la carpa para seguir disfrutando de la velada. Harriet se llevó a Moira, Lily y Claudia a la casa principal para mostrársela mientras que los hombres disfrutaban de un habano en el jardín. Cuando regresaron a la carpa, una pequeña orquesta estaba tocando.

–¿Te gusta bailar? –le preguntó Marcus a Harriet.

–Cuando se presenta la ocasión, sí –le aseguró ella.

Entonces, se sorprendió mucho cuando la orquesta comenzó a tocar un vals. Tuvo que contener una carcajada al ver el horror que se reflejaba en el rostro de Claudia.

–Esta noche va a haber música para todos los grupos de edad –comentó James–. ¿Me concede el honor, señorita Wilde?

Tan horrorizada como Claudia, Harriet sonrió y miró a los demás para suplicarles con la mirada.

–Vosotros también.

La pista de baile que había en la carpa era muy grande, pero a Harriet le pareció pequeña cuando James la tomó entre sus brazos y la hizo bailar con una habilidad que no había esperado.

–¿Dónde aprendiste a bailar el vals? –le preguntó. El corazón se le había acelerado.

–Me enseñó una dama muy amable en Newcastle. También me enseñó otras cosas, pero esas no se permiten en una pista de baile. Después de que nos separamos, yo necesitaba consuelo. Ella me lo proporcionó. ¿Y tú?

–En la escuela.

–Me refería a lo del consuelo, aunque tal vez no lo necesitabas.

–Por supuesto que sí, pero yo no tuve a nadie que me consolara.

James la estrechó entre sus brazos.

–¿Por qué estás temblando, Harriet?

–Me pone nerviosa ser el centro de atención –mintió.

–Esta noche estás muy guapa...

–¿Más que la chica a la que abandonaste?

–No, pero no se me permitía nada con ella, ¿te acuerdas? Ahora que eres una mujer, las cosas son diferentes.

Harriet lo observaba hipnotizada mientras bailaban, ajena a todo lo que no fuera el sensual contacto de sus cuerpos mientras se movían. Regresó a la tierra de repente cuando el ritmo cambió y James maldijo en voz baja.

–Vaya. Sea esto lo que sea, mis clases no lo cubrieron.

–Es un foxtrot.

–Podríamos bailarlo como lo hacen los más jóvenes o podríamos sentarnos.

–Prefiero sentarme –dijo, tan fervientemente que James la miró con curiosidad mientras la acompañaba a la mesa vacía.

–¿Tan terrible ha sido bailar conmigo, Harriet?

–Por supuesto que no –mintió ella de nuevo.

–Evidentemente, tu padre aún no sabe quién soy yo. ¿Se lo vas a decir tú?

–A menos que quieras que lo haga, no. Tarde o temprano terminará por enterarse. Así podrá matar a otro mensajero.

–¿Crees que se podría poner violento si se lo dices? –le preguntó él frunciendo el ceño.

–Por supuesto que no. Estaba hablando metafóricamente. No me ha puesto la mano encima en toda su vida, pero me resultó tan difícil persuadirle para esto que no me arriesgué a contárselo antes de tiempo.

–¿Por qué era nuestro acuerdo tan vital?

–Necesitamos el dinero –dijo. Entonces, negó con la cabeza cuando James le ofreció más champán–. No, gracias. Preferiría tomar un poco de agua fría.

James la miró con curiosidad mientras le llenaba una copa y se la daba.

–Siempre había dado por sentado que tu familia era muy rica.

–Bueno, acomodada más que rica, pero ya ni siquiera eso. La reciente situación económica ha afectado profundamente a las inversiones de mi padre. Tal vez esta fiesta a ti te haya servido para satisfacer tu necesidad de venganza con los Wilde, pero a mí me ha dado el dinero suficiente para poder arreglar el tejado y, posiblemente, atraer a más posibles clientes. Por cierto, Claudia vuelve a dedicarme una mirada asesina. Es mejor que ahora bailes con ella.

–¿Con ese vestido? Ni hablar.

Harriet sonrió a los demás cuando todos regresaron a la mesa. Cuando David Walker le preguntó si quería bailar, sonrió encantada y dejó que él volviera a llevarla a la pista de baile. Instantes después, comenzaron a sonar las notas de un tango.

–Estuve en Argentina a principios de año y me enganché –le dijo él–. ¿Le apetece seguir bailando, señorita Wilde?

Harriet estaba a punto de decir que no, pero luego asintió. De repente, se sentía cansada de ser la más tranquila de la familia.

–Sí. Además, cuando aún estaba estudiando, me apunté a clases de baile y lo que más me gustaba era la música latina. Espero acordarme de los pasos.

Harriet no tardó en descubrir que no había olvidado cómo se bailaba el tango. David era un bailarín muy hábil, por lo que no tardaron en recibir miradas de admiración de todos los asistentes menos de dos. James y Claudia, como era de esperar.

Cuando terminaron de bailar, los dos regresaron a la mesa.

—¡Eso ha sido maravilloso! —exclamó Moira. Harriet sonrió mientras Marcus le sujetaba la silla para que se sentara.

—No he bailado el tango desde que estaba estudiando. Es muy divertido.

—No tenía ni idea de que sabías bailar así —comentó Aubrey con asombro.

—Me apunté a una escuela de baile cuando estaba en la universidad. Incluso los contables necesitan expandirse de vez en cuando.

—Ahora están tocando una samba —dijo Lily encantada—. ¿También sabes bailar eso?

—Sí, pero no voy a hacerlo.

—Yo sí sé —anunció Claudia—. Vamos, James. Baila conmigo.

—Ni hablar —replicó él—. Yo solo bailo el vals.

Tom se puso de pie.

—¿Quieres bailar conmigo, Claudia? —le preguntó.

Durante un horrible instante, Harriet pensó que Claudia iba a negarse. Al final, todos contemplaron aliviados cómo Claudia sonreía al joven y se marchaba con él a la pista de baile.

James llamó a David para que se acercara. El asistente asintió y luego se marchó.

—¿Ocurre algo, James? —le preguntó Moira.

—No. Simplemente le he dicho que vaya a decirle a la orquesta que, a partir de ahora, toquen música para los más jóvenes.

—Ni que tú fueras Matusalén —protestó ella.

–En lo que se refiere a esta clase de cosas, así es como me siento.

Entonces, se sentó para observar cómo la orquesta comenzaba a tocar los últimos éxitos. La pista de baile se llenó inmediatamente. Claudia no tardó en convertirse en el centro de un grupo de personas. Estaba bailando con un abandono que atraía a los hombres más jóvenes como si fueran abejas a un tarro de miel. De vez en cuando, lanzaba miradas triunfantes a James para asegurarse de que él la estaba observando.

Aubrey se terminó su coñac y se puso de pie.

–Bueno, es muy tarde –dijo mientras James se levantaba–. Gracias por una bonita fiesta, Crawford, pero yo ya me retiro. Ha sido un gran placer conocerles –añadió refiriéndose a los Graveney–. Buenas noches. ¿Vienes, Harriet?

–No se preocupe, señor –intervino James–. Yo me ocuparé de acompañar a su hija a casa –añadió–. ¿Os apetece algo de beber?

Moira sonrió.

–En estos momentos, lo que me apetece es una taza de té.

–Si te apetece un paseo, te puedo hacer una en mi casa –le ofreció Harriet.

–Yo se la puedo ofrecer aquí –replicó James mientras llamaba a un camarero–. ¿Té, Marcus?

–Para mí no. Voy a seguir tomándome un coñac mientras me maravillo con la energía de los jóvenes.

Harriet agradeció el té, pero se sintió muy vieja por estar bebiéndolo en vez de estar bailando con los demás. Se recordó que aún le quedaba un año para cumplir los treinta.

–¿Ocurre algo? –le preguntó James al oído.

–Simplemente me siento como si fuera una generación diferente a esos que bailan en la pista de baile.

–Pues no lo parecías cuando estabas bailando ese maldito tango.

–¿Acaso te pareció mal?

–Por supuesto que...

Se interrumpió cuando se escuchó un grito que provenía de la pista de baile. La música se detuvo y James, acompañado de Marcus y de David, se dirigió hacia el lugar de donde se había escuchado el grito. Moira se mostró horrorizada cuando regresaron flanqueando a Tom, que llevaba a una histérica Claudia en brazos. Lily iba llorando acompañada de Dominic.

Tom dejó a Claudia junto a Moira. Esta le dio las gracias y se concentró en Claudia. Le habló con voz tranquilizadora para que se calmara.

–Han sido esos estúpidos tacones –dijo Lily, aún llorando–. Se dio la vuelta y el tobillo... Se cayó con un horrible golpe.

–¿Dónde está el hospital más cercano? –preguntó Marcus mientras los gemidos de Claudia se hacían más insistentes.

–Al otro lado de la ciudad. Yo te llevaré –dijo Harriet, alegrándose de haber tomado tan solo una copa de champán.

James llamó a David.

–Ve a buscar a mi chófer.

Harriet negó con la cabeza.

–Mi coche está aquí mismo y yo conozco esta zona. Lo acercaré todo lo que pueda. Es mejor que tú te quedes aquí y que te ocupes de tus invitados, James.

Mientras ella se dirigía a su casa con Dominic, oyó que James explicaba lo sucedido por megafonía.

–Voy a cambiarme de zapatos antes de meterme en el coche –dijo.

–¡Todo esto es culpa de Claudia! –exclamó él–. Estaba como loca en la pista de baile. Con los tacones que llevaba puestos, lo raro era que no se hubiera caído antes. Ha estropeado la fiesta de James.

–Bueno, de todos modos estaba a punto de terminar –dijo Harriet mientras llegaban a su casa–. Estoy bien, Dominic. Tú regresa con Lily.

–Esperaré hasta que te metas en el coche.

–En ese caso, métete tú también.

Se metió corriendo en la casa para cambiarse de zapatos y luego se montó en el coche y lo acercó a la carpa todo lo que pudo.

–Deja la puerta abierta, Dominic, y ve a decirles a los demás que yo ya estoy lista.

James transportó a una dolorida Claudia al coche y la instaló cuidadosamente en el asiento trasero. Entonces, ayudó a su hermana a meterse en el coche junto a Claudia. Marcus se montó al lado de Harriet.

–Yo... yo lo he estropeado todo para James –gimoteaba Claudia.

–No, eso no es cierto –afirmó él–. De todos modos, la fiesta estaba ya a punto de terminar. Iré tan pronto como pueda –añadió. Entonces, miró a Harriet–. Muchas gracias.

–Estoy encantada de poder ayudar –le aseguró ella.

Entonces, arrancó el coche y se dirigió rápidamente al hospital. Afortunadamente, la sala de Urgencias estaba relativamente tranquila para ser una noche de sábado. Después de que le hicieran una radiografía, se llevaron a Claudia para ponerle una escayola. Moira y Marcus la acompañaron. James no tardó en llegar con Lily y Dominic. Harriet por fin podía marcharse a su casa. A pesar del calor que hacía en el hospital, tenía frío.

Lily la abrazó para mostrarle su agradecimiento.

—Gracias por todo.

—¿Es solo un esguince? —preguntó James.

—No. Me temo que tiene una fractura.

—Vaya. No tendría que haberse puesto esos tacones tan altos. ¿Tienes frío? —le preguntó él. Entonces, se quitó inmediatamente la chaqueta—. Toma, ponte esto.

Ella negó con la cabeza.

—No lo necesito. Me marcho ahora mismo a mi casa.

—¡Maldita sea! Póntela. Estás temblando —gruñó él mientras le colocaba la chaqueta alrededor de los hombros.

—Te acompañaré al coche —le dijo Dominic.

—No hay necesidad. Lo haré yo —afirmó James muy bruscamente.

Harriet agradeció mucho la chaqueta cuando estuvieron en el exterior del hospital. Soplaba un viento muy fuerte y casi sintió tener que entregársela a James cuando llegaron a su coche.

—Ya estoy bien. Buenas noches.

—Los de la carpa llegarán por la mañana para desmantelarla, por lo que mañana tampoco vas a poder dormir hasta más tarde. Esta noche has ayudado mucho. Gracias, Harriet. Ninguno de nosotros podría haber organizado el traslado al hospital tan rápidamente.

—No hay de qué. Yo vivo aquí. Siento que tu fiesta terminara así, James. Aparte de esto, ha sido un éxito. Ahora —le dijo mirándole a los ojos—, dime la verdad. ¿Ha sido dulce tu venganza?

—En realidad, no.

—Quieres decir que no está completa. No importa. Mi padre sabrá muy pronto quién eres. Ahora, debo marcharme —añadió, temblando—. Buenas noches, James.

–Te están castañeando los dientes. Date un baño caliente antes de que te metas en la cama y que descanses bien mañana.

–Si me dices otra vez que parezco cansada, me pondré tan enfadada que tú también acabarás en Urgencias.

–Estás muy guapa y lo sabes. Dios sabe que tenías suficientes hombres a tu alrededor para convencerte de ello. David estaba a tus pies y, sospecho, que lo mismo le pasa a Dominic. Sin embargo, te ruego que lo dejes a él en paz. Le pertenece a Lily.

–¿Estás hablando en serio? –le preguntó Harriet escandalizada–. Te aseguro que no me gustan los hombres más jóvenes que yo.

–¿Y qué es lo que te gusta? ¿Esto?

James la tomó entre sus brazos y la besó con tanta violencia que a Harriet no le quedó más remedio que responder. Se sentía incapaz de resistirse ante la insistencia de los labios de James y unos brazos que la estrechaban de un modo tan familiar. Se fundió con él mientras el corazón le latía con fuerza en el pecho. Cuando por fin pudo recuperar el sentido común como para tratar de apartarse de él, James la soltó y dio un paso atrás mientras la observaba con frialdad.

–¿Quieres que me disculpe?

Ella le devolvió la mirada y se metió en el coche sin decir palabra. Arrancó y lo dejó observándola desde la distancia.

Capítulo 6

HARRIET necesitó todo el trayecto a casa para tranquilizarse. Cuando por fin llegó a su casa, cerró la puerta con llave y subió la escalera para despojarse del vestido. Se sorprendió al ver que no había sufrido daños durante la noche, sobre todo durante el volcánico beso que había marcado el final de la velada. Se echó a temblar al pensarlo. Decidió darse una ducha caliente antes de meterse en la cama.

A la mañana siguiente, se despertó y comprobó que, a pesar de todo, había conseguido dormir un par de horas más. Los de la carpa no llegaron hasta media mañana. Se preparó un café bien cargado y luego, de mala gana, llamó a James para preguntarle por Claudia.

—En estos momentos, está dormida porque se ha tomado un montón de analgésicos. ¿Cómo estás tú esta mañana, Harriet?

—Algo cansada, pero bien.

—Estaba a punto de ir a tu casa para asegurarme de que los de la carpa habían dejado todo en orden. ¿Siguen ahí?

—Acaban de llegar.

—Bien. Voy enseguida.

Harriet apretó los dientes y se dijo que debía dejar de comportarse como una idiota. James solo iba a ir a River House para asegurarse de que no hubiera daños que él tendría que pagar. Mientras tanto, decidió que debía ir a informar a su padre del accidente que había tenido Claudia.

Se encontró con él justo cuando Aubrey estaba sacando el coche del garaje.

–No puedo detenerme –dijo él–. ¿Te gustó la fiesta, Harriet?

–Sí, pero te perdiste toda la emoción –replicó ella.

Inmediatamente le dio detalles de lo ocurrido, pero resultaba evidente que su padre tenía muchas ganas de marcharse. Ella regresó a su casa y, con un suspiro de placer, se sentó en el sofá con los periódicos y una taza de café.

Poco después, oyó que llegaba el Aston Martin de James. Respiró profundamente y fue a abrir la puerta. Él parecía cansado y tenía bolsas bajo los ojos. Le entregó un ramo de flores.

–Son de Moira y Marcus para mostrarte su gratitud por lo mucho que ayudaste anoche.

–No tenían por qué, pero dales las gracias. ¿Sigue Claudia dormida?

–Lo estaba cuando me marché, gracias a Dios. Esperemos que siga así un tiempo para darle un respiro a Moira. Ponlas en agua y ven afuera conmigo. Por favor –añadió irritablemente cuando ella no se movió.

Harriet fue a la cocina y regresó instantes después.

–Como ya te he dicho antes, has cambiado mucho, Harriet –comentó mientras subían por el camino.

–Después de tanto tiempo, lo extraño sería que no lo hubiera hecho. Tú también has cambiado mucho, James.

–No en el modo en el que importa –replicó él–. ¿Deberíamos preguntarle a tu padre si quiere venir?

Ella negó con la cabeza.

–Ha salido. Mi padre tiene una vida social muy activa.

Cuando llegaron junto a la carpa, comprobaron la eficacia con la que se estaba desmontando.

– Bueno, yo me marcho ya.

–¿Vas a salir?

–No. Tengo una cita con mi sofá y con mis periódicos.

James asintió bruscamente.

–Solo me queda volver a darte las gracias por tu ayuda anoche. Por cierto, ¿disfrutaste con la fiesta?

–Más de lo que esperaba. Tus empleados se divirtieron mucho. Fue una fiesta memorable.

–Inolvidable en más de un sentido –suspiró él–. Voy a llevar a Claudia a Londres después de almorzar. Se siente tan mal que quiere estar con su madre. Marcus tiene que ir al tribunal a primera hora de mañana, por lo que yo me he ofrecido para llevarla a su casa. También se vendrán con nosotros Lily y Dominic. Mañana vuelvo a mi trabajo. ¿Y tú?

–Pues yo también al mío. Dales las gracias por las flores a Moira y a Marcus y deséale a Claudia una pronta recuperación de mi parte. Adiós, James.

–¿Tantas ganas tienes de librarte de mí?

–En absoluto. Había dado por sentado que tú tenías prisa por volver con tu familia.

–Hablando de familia. Ya me dirás si tu padre se enfada cuando se entere de lo mío.

–¿Y qué ibas a hacer tú al respecto?

–Bueno, tal vez proporcionarte un hombro en el que llorar.

–He aprendido a hacerlo sin apoyos, pero gracias de todos modos.

Harriet se dio la vuelta para marcharse. Se sorprendió al ver que James la acompañaba de vuelta a su casa.

–Le caes bien a Moira, Harriet –dijo James mientras ella abría la puerta–. Aún no conoce a nadie por aquí, por lo que me gustaría saber si vas a ir cuando te vuelva a invitar a su casa. Yo seguramente tardaré un tiempo en volver si eso te supone una diferencia.

–Estaré encantada de volver a visitar a tu hermana. Tanto si tú estás allí como si no. Adiós, James –repitió ella mientras le ofrecía la mano.

–Dejémoslo en «hasta la vista». Seguramente, ahora que mi hermana vive aquí, volveré a menudo.

Harriet lo miró con curiosidad.

–¿Sabes una cosa? Siempre hubo una cosa que me pregunté sobre ti hace todos esos años, James. ¿Qué te trajo a esta parte del país?

–El trabajo. Solicité un trabajo en Combe Computers y el resto, como se suele decir, es historia. Ahora, es mejor que me vaya para que tú puedas recargar las pilas. A menos que quieras ayuda para hacerlo...

Harriet entornó la mirada. ¿Estaba James pensando en volver a retomar las cosas donde las habían dejado la noche anterior?

–No te preocupes –dijo él–. No te estaba pidiendo compartir la cama contigo para disfrutar un rato esta siesta. Aunque no puedo decir que la idea carezca de atractivo.

–¡Qué halagador! –exclamó ella. Entonces, le dedicó la mejor sonrisa de cortesía que pudo encontrar y se metió en su casa cerrando la puerta con decisión.

James permaneció mirando la puerta cerrada durante un instante. Entonces, regresó a su coche. Mientras se dirigía a la ciudad, se dio cuenta de que resultaba evidente que el triunfo de la noche anterior no había bastado para satisfacerlo. El vals que había compartido con Harriet había sido un dulce purgatorio para él. Ver después cómo bailaba el tango con David había echado leña al fuego. Harriet estaba muy equivocada si pensaba que todo había terminado. Además, Aubrey Wilde aún tenía que descubrir quién era exactamente el que le había pagado el dinero que tan dispuesto se había mostrado a aceptar.

Capítulo 7

HARRIET se pasó el día siguiente trabajando. Llegó a casa muriéndose de ganas por darse una ducha, cenar y meterse en la cama, pero su padre le había dejado un mensaje en el contestador diciéndole que quería verla en la casa.

En vez de marcharse rápidamente a verlo, se lavó la cara, se retocó el maquillaje y se recogió el cabello más apretadamente que de costumbre. Entonces, se dirigió a la casa.

Encontró a su padre en la cocina.

—¡Por fin llegas! —rugió él—. Supongo que, ahora que me has dejado en ridículo, estás más que satisfecha. Tuviste las agallas de convencerme para que ese hombre alquilara mi casa con mentiras. Hace diez años te negaste a darme el nombre de tu novio, pero, hoy, George Lassiter ha disfrutado mucho diciéndome la verdad.

—Es James Crawford ahora igual que lo era entonces. No te ha dado un nombre falso y, efectivamente, es el presidente de Live Wires Group. También es el hombre al que habrías arrestado simplemente porque le gustaba tu hija.

—¡Gustar, dices! Quería mucho más que eso.

—Te ruego, papá, que no juzgues a todo el mundo por lo que tú has hecho —le espetó.

—¿Qué diablos quieres decir con eso? —le preguntó.

Entonces, apartó la mirada–. Si te refieres a la señora Fox, somos tan solo buenos amigos.

¿Quién era la señora Fox?

–No me interesa la relación que puedas tener con esa mujer, sea quien sea. Te estoy hablando de mi madre.

Aubrey se ruborizó.

–Supongo que Miriam te ha estado echando veneno en los oídos...

–¿Veneno o la simple verdad? Me contó exactamente por qué la reacción que tuviste al saber mi relación con James hace diez años fue tan extrema. Tú estabas tan decidido a casarte con mamá y a vivir la buena vida aquí en River House que hiciste lo que tenías que hacer para asegurarte. No es de extrañar que pensaras que James buscara lo mismo conmigo.

Los ojos de Aubrey parecían estar a punto de salírsele de las órbitas. Tenía las manos agarrotadas y, durante un instante, pareció que se iba a desmoronar.

Harriet le aconsejó que se sentara.

–No tienes buen aspecto, papá.

–Si no lo tengo, tú eres la culpable. Y Miriam también, maldita sea. Sarah le contó todo, como siempre, pero Miriam juró que jamás diría una palabra...

–Sin embargo, la palabra que ha dicho es la verdad, ¿no es así? En su opinión, tú habrías hecho cualquier cosa para casarte con mamá y vivir aquí en River House y eso fue exactamente lo que hiciste. El abuelo se vio obligado a aceptarte y a utilizar sus influencias para que ascendieras en el banco.

–¡Eso me lo gané por mis propios méritos! Miriam es una víbora, siempre lo ha sido. Frank Cairns fue un santo por soportarla.

–La amaba. Esa es la razón habitual para que dos personas se casen. Yo amaba a James...

–¡Eras demasiado joven para saber lo que sentías!

–Tenía diecinueve años, la misma edad que mamá cuando tú te casaste con ella –replicó ella con una sonrisa de desprecio.

Aubrey apretó los puños.

–Si tanto amabas a Crawford, ¿por qué no tuviste las agallas suficientes para marcharte con él?

–¡Porque amenazaste con ordenar que lo arrestaran! Yo lo amaba demasiado como para arriesgarme a arruinarle la vida.

–Yo no habría ido tan lejos –musitó Aubrey bajando los ojos–. Solo conseguir que lo despidieran fue suficiente porque lo apartó de ti.

–En realidad, no lo despidieron. El señor Lassiter lo trasladó a otra ciudad. No podía perder a James. Era demasiado bueno en su trabajo, como ha demostrado después sin lugar a dudas.

–¡Y yo creía que George era mi amigo! –exclamó Aubrey amargamente–. Sin duda Crawford y tú os estuvisteis riendo toda la noche a mis espaldas.

–De eso ni hablar. James me aprecia a mí tanto como a ti. Cree que lo dejé porque no era lo suficientemente bueno para mí. Esperó el tiempo necesario hasta encontrar el modo perfecto de vengarse.

–Le devolveré su maldito dinero...

–Sabes perfectamente bien que eso no es posible, padre. Firmaste un contrato. Además, la mayor parte del dinero está ya en la cuenta que hay a mi nombre y yo me niego en redondo a devolverlo. James se puede reír de nosotros todo lo que quiera mientras yo pueda arreglar el tejado.

–¡Cómo has cambiado, hija mía!

–Cualquier cambio que se haya efectuado en mí te lo debo a ti –le espetó ella.

–Si era eso lo que sentías, ¿por qué viniste a trabajar aquí cuando terminaste tus estudios? Estoy seguro de que no lo hiciste para agradarme.

–No. Lo hice para agradar a mamá. Le prometí que me aseguraría de que cuidarías de la casa.

–¿Cuándo le prometiste eso?

–Cuando se estaba muriendo.

–¡Pues se te olvidó tu promesa muy rápido cuando quisiste marcharte con Crawford!

–¡No me iba a marchar del país! Solo era una adolescente y, por aquel entonces, tú no tenías problemas con el dinero. Di por sentado que cuidarías de River House porque era nuestro hogar.

–La casa de la que te marchaste en el instante en el que terminaste tus estudios. Después de que evité que arruinaras tu vida, no pudiste quedarte bajo el mismo techo que yo.

–Más o menos, aunque no creo que fuera muy posible que yo hubiera arruinado mi vida por compartirla con un hombre que convirtió la suya en un éxito.

–¿Y cómo iba a saberlo yo por aquel entonces? Pensaba que solo era un caradura que quería poner el pie en River House.

–Igual que hiciste tú con mamá –le dijo Harriet con crueldad–, pero, al contrario de ti, James no sentía interés alguno por River House. Solo me quería a mí –añadió. Entonces, se dispuso a marcharse–. Por cierto, he recibido un correo de Charlotte Brewster. Aparentemente, tiene otra persona interesada en celebrar algo aquí. Va a venir mañana a mi despacho para contármelo. Te mantendré informado.

–¡Harriet!

–¿Sí? –le preguntó ella tras darse la vuelta.

–¿Podría ser que Crawford regresara aquí?

–No. No tiene razón para ello.

Aubrey suspiró.

–La vida juega extrañas pasadas. Ahora que lo he conocido como hombre, que he conocido a su familia, me gustaría...

–Demasiado tarde, papá –le dijo Harriet con una fría sonrisa–. Jamás se ha vengado a su modo y no hay más. Fin de la historia.

Harriet durmió muy mal. Al verla a la mañana siguiente, Lydia envió a Simon a preparar café.

Charlotte se presentó a su hora e informó a Harriet de que había más interés por River House.

–Hay una empresa que hace camas de lujo. Quieren un dormitorio romántico con grandes ventanales, por lo que el que tiene el balcón sería el más idóneo. Sin embargo, podría ser que quisieran pintar las paredes de un color diferente. ¿Le parecería bien a tu padre?

–Estoy segura. ¿Qué más tienes?

El ánimo de Harriet mejoró bastante al saber que el grupo de rock que copaba las listas de superventas podría estar interesado en alquilar la casa para grabar un vídeo y que un canal de televisión quería utilizar la casa y los jardines para una serie.

–Mientras tanto –le dijo Charlotte–, casas como la tuya se requieren constantemente para fiestas, sesiones fotográficas, lanzamientos de productos y ese tipo de cosas, así que podríais tener ingresos con regularidad.

–Julia me dijo que podría ayudarme con lo de las sesiones fotográficas.

–Dale mi número y dile que se ponga en contacto conmigo. ¿Le pareció bien que James Crawford utilizara la casa para su fiesta?

–Sí.

–¿Disfrutaste tú?

–No había esperado hacerlo, pero sí. Fui para asegurarme de que no ocurría nada malo, pero no tendría ni que haberme molestado. No se reparó en gastos para que todo saliera bien.

La vida se quedó algo vacía después de la fiesta. Harriet no veía a su padre, que se mantenía bien alejado de ella después de su discusión. James llamó dos veces, pero ella estaba fuera en ambas ocasiones y él no volvió a llamar. Harriet salió a cenar con amigos una noche y fue a un concierto con Nick. Al salir del concierto, se encontró con Moira.

–¡Hola! ¿Te ha gustado el concierto? ¿Recuerdas a Nick Corbett?

–Por supuesto, buenas noches, señor Corbett. ¡Qué alegría verte, Harriet! –exclamó Moira afectuosamente–. Me ha gustado el concierto. Adoro a Mozart, pero Marcus no, así que he venido sola.

–¿Cómo está Claudia?

–Se va recuperando lentamente. Su principal problema es el aburrimiento.

–Es que se rompió el tobillo en la fiesta –le dijo Harriet a Nick.

–¡Qué mala suerte! –dijo él–. Si me perdonáis un momento, he de ir a saludar a un amigo.

–Me alegro mucho de haberme encontrado contigo, Harriet –afirmó Moira–. Iba a llamarte mañana para preguntarte si querías venir a comer el próximo domingo, a menos que hayas terminado harta de mi familia.

–Por supuesto que no. Me encantaría.

–Vente sobre las doce. Si hace buen tiempo, comeremos en el jardín –dijo Moira. Entonces, saludó a un hombre que acababa de entrar en el vestíbulo del teatro–. Ah, mi chófer ha llegado.

Harriet sonrió al ver que James se dirigía hacia ellas.

–Eres muy puntual, James –comentó Moira.

–¿Acaso crees que yo me atrevería a tener a mi hermana esperando? En realidad, no he tenido elección. Marcus se ha pasado la última media hora avisándome. ¿Cómo estás, Harriet?

–Siempre mejor después de escuchar a Mozart –le aseguró ella. Entonces, se volvió hacia Nick al sentir que él regresaba–. ¿Te acuerdas de Nick Corbett?

James asintió fríamente.

–Por supuesto. ¿También es usted fan de Mozart?

–En realidad no –respondió Nick–. Solo compré las entradas para agradar a Harriet.

–Bueno, es hora de que nos marchemos –anunció Moira. Entonces, se inclinó para besar a Harriet en la mejilla–. No te olvides. El domingo a las doce.

–Allí estaré –le aseguró Harriet.

–Me alegra haber vuelto a veros –dijo James. Entonces, agarró a Moira por el brazo y la hizo salir.

–Para ser un hombre muy ocupado, se pasa mucho tiempo en esta zona –comentó Nick mientras salían al exterior.

–Su hermana se mudó a esta zona recientemente. Le tiene mucho afecto.

–Tal vez también te lo tenga a ti –susurró Nick.

–Te aseguro que estás completamente equivocado.

–Me alegra saberlo. ¿Qué te parece si vamos a tomar una copa?

Harriet disfrutó de una copa y de una agradable

conversación con Nick. Cuando llegó a casa, descubrió
que James le había dejado un mensaje en el contestador.

—Nada de eso de que a la tercera va la vencida. Te
llamaré en otro momento. O podrías llamarme tú a mí.

Ni hablar. James podría tener la impresión equivocada de que ella estaba tratando de reavivar lo que había habido entre ellos. Podría ser que estuviera en casa
de Moira el domingo, pero a Harriet no le importaba
si estaba como si no. Además, sería muy agradable
compartir unas horas con los Graveney. Ciertamente,
así rompería la rutina de las tareas de casa y jardinería
que solía hacer los domingos. Cuando se mudó a la
casa del guardés, había aprendido la lección. Una casa
pequeña tenía que mantenerse muy ordenada. Si en
ocasiones añoraba el espacio y la luz de la casa principal, jamás lo admitió ni consigo misma ni con ninguna otra persona.

Capítulo 8

EL SÁBADO por la mañana, Harriet estaba haciendo las tareas que solía hacer los domingos cuando una llamada de Sophie la sorprendió.

–Harriet, gracias a Dios que estás ahí. ¿Me puedes hacer un enorme favor? Dime que sí, porque si no...

–¡Espera un momento! ¿Le ocurre algo a Annabel?

–Sí... no... Quiero decir...

–Respira profundamente y tranquilízate. ¿Qué ocurre?

–Gervase acaba de llevarse a Pilar al aeropuerto. Mañana nos han invitado a una fiesta y Pilar se ha tenido que marchar a España por una crisis familiar, ¡qué poco considerada! Estoy segura de que se podría haber esperado hasta el lunes. En esa fiesta habrá muchas personas que a Gervase le interesa conocer, por lo que me ha dicho que tenemos que ir como sea, pero los niños no pueden. No tengo a nadie que pueda cuidar de Annabel y... y...

Sophie se echó a llorar.

–¡Sophie, por el amor de Dios! Deja de lloriquear –dijo Harriet mientras decía adiós mentalmente al almuerzo con los Graveney–. Está bien. Iré, pero siempre y cuando dejéis la fiesta a una hora temprana para que yo pueda regresar aquí por la tarde. Acuérdate de que tengo que ir a trabajar al día siguiente.

–Sinceramente, Harriet, no haces más que pensar

en el trabajo... –comentó Sophie. Entonces, pareció entender lo que acababa de decir–. Lo siento, lo siento. Estoy tan disgustada que ni siquiera puedo pensar bien. ¿Vendrás esta noche?

–No, no puedo. Lo siento.

–Estoy segura de que podrás posponer lo que tienes para esta noche –lloriqueó Sophie–. Por favor, Harriet.

–Mira, Sophie. Yo mañana tenía una invitación para almorzar. Estoy dispuesta a cancelarla para echaros una mano, pero no voy a ir a tu casa esta noche. Iré por la mañana.

–Ah... Ah, está bien, pero asegúrate de que llegas a tiempo mañana. Tenemos que estar en la fiesta a las doce.

Resultaba absurdo sentirse tan desilusionada. Aparentemente, había estado deseando almorzar con los Graveney más de lo que quería admitir. Se encogió de hombros y llamó a Moira para decirle que no podía asistir.

–Mi hermana tiene una crisis doméstica y necesita una canguro mañana. Lo siento mucho. Espero no incomodarte demasiado.

–En absoluto, pero teníamos muchas ganas de verte. No importa. La familia es lo primero.

–Como tú bien sabes. ¿Cómo está Claudia?

–Desquiciada, según Lily, aunque aparentemente no le faltan visitas.

–Moira, dado que no puedo ir mañana a tu casa, ¿te apetecería almorzar conmigo un día en la ciudad?

–Me encantaría. ¿Cuándo?

Acordaron una fecha y Harriet colgó sintiéndose un poco mejor. Sin embargo, estaba demasiado inquieta como para sentarse en su casa. Decidió ponerse la crema para el sol, una gorra y salió al garaje para sacar el tractor cortacésped.

Cuando terminó, estaba sudando profusamente. Los pantalones cortos y la camiseta de tirantes que llevaba puestos estaban sucios y el cabello se le había pegado a la frente. Vació el depósito y se volvió a montar en la máquina para devolverla al garaje. Se dirigía por el camino de acceso cuando sintió que el alma se le caía a los pies al ver a James apoyado contra su coche, mirándola con desaprobación.

–No puedo parar –dijo ella mientras pasaba a su lado–. Debo guardar esta máquina.

Llena de frustración ante la lenta velocidad de la máquina y terriblemente consciente de que James le estaba mirando la sudorosa espalda, se dirigió por la cuesta abajo hasta el garaje. Después de guardar la máquina, se bajó del asiento. Se estaba quitando los guantes cuando James la arrinconó.

–¿Por qué demonios estás trabajando como una esclava con este calor? –le espetó–. ¿Acaso no puede ser el jardinero el que siegue el césped?

Harriet se sacó un puñado de pañuelos de papel del bolsillo y se secó la frente.

–Claro que puede, pero yo lo hago a veces para dejar que él se ocupe de otras cosas. ¿Has venido a pasar el fin de semana? –le preguntó cortésmente.

–¿Por qué has cancelado lo de mañana? ¿Acaso tenías miedo de volver a encontrarte conmigo?

–Por supuesto que no –replicó ella con irritación–. Mira no me puedo quedar aquí hablando contigo. Tengo que ir a ducharme.

–Esperaré hasta que hayas terminado. Tratar de ponerse en contacto contigo por teléfono resulta tan frustrante que hoy he optado por el contacto personal cuando Moira me dijo que habías cancelado lo de mañana. Dime la verdad, Harriet. ¿De verdad hay una crisis familiar o es que no puedes soportar tener que charlar conmigo mientras comemos?

Harriet echó a andar hacia su casa con James a su lado. Se sentía furiosa porque él la había sorprendido cuando estaba sucia y sudorosa.

–¿Quieres entrar? –le espetó mientras se quitaba los zapatos de una patada en el porche.

–Te he dicho que te esperaría –le recordó él–, pero si prefieres que no entre, puedo esperar en el coche.

–¡No seas ridículo! –exclamó ella. Entró delante de él y subió a la planta superior a la velocidad del rayo.

Cuando volvió a bajar unos minutos más tarde, vio que su invitado estaba en el sofá, viendo la televisión. James se puso de pie en el momento en el que Harriet llegó a su lado.

–Espero que no te importe. El partido de críquet estaba terminando.

–En absoluto.

–¿Te sientes mejor ahora, Harriet?

–Sí.

–Hace tiempo tenías un vestido como ese –dijo él mirando el vestido amarillo que Harriet llevaba puesto.

Ella se lo había puesto la primera vez que salieron juntos.

–¿De verdad? No me acuerdo.

–¿No? –le desafió él.

–Tengo sed. Necesito algo de beber. ¿Te apetece algo? No tengo cerveza ni vino, pero te puedo ofrecer agua mineral, zumo de naranja, té, café...

–Lo que sea más fácil.

Cuando Harriet regresó con dos vasos de agua mineral, James estaba de pie junto a la ventana. Tenía el ceño fruncido.

–Tantos árboles y flores en ese jardín, y lo único que

tú ves desde aquí es un trozo de césped y un enorme seto de laurel.

—Tengo una buena vista del jardín desde mi dormitorio —dijo ella mientras le entregaba un vaso.

—No lo sé —replicó mirándola por encima del hombro con hostilidad—. Los dormitorios nunca formaron parte de nuestra relación. Además, después del primer día, cuando vine a arreglar tu ordenador, no me dejaste volver aquí. Como un tonto, yo te dejé que me trataras como un secreto vergonzoso durante todo el verano porque pensaba que todo sería diferente cuando tuviéramos una casa juntos. Sin embargo, eso nunca ocurrió.

—No.

—¿Y por qué diablos no te puedes permitir una botella de vino? Debes de ganar bastante dinero y vives aquí sin pagar el alquiler...

—En realidad, sí que pago el alquiler. Además, este lugar es demasiado pequeño para traer invitados, por lo que tener cosas para los demás no es necesario.

En aquel momento, el teléfono comenzó a sonar. Harriet se excusó y vio que se trataba de Sophie.

—Hola.

—Gracias a Dios que te localizo, Harriet. Sé buena chica y pospón tu cita o lo que sea que tengas y vente esta misma noche. Annabel está deseando verte y sería mucho más conveniente...

—Tal vez para ti, pero no para mí. Dile a Annabel que estaré allí por la mañana.

—¡Venga, vale! —le espetó Sophie—. Asegúrate de que llegas a tiempo.

—Allí estaré.

Harriet colgó la llamada de muy mala gana.

—Lo siento. Era mi hermana —dijo.

—¿La famosa periodista o la guapa y mimada?

—La última. Sophie es muy guapa, muy mimada, pero ahora está casada con el hombre que conoció en una boda.

—¿Quién es Annabel?

—Mi sobrina. La *au pair* de Sophie ha tenido que regresar repentinamente a España hoy mismo. Mi hermana y mi cuñado están invitados a una fiesta muy importante mañana por lo que yo voy a cuidar de la niña —comentó mientras se sentaba en el sillón—. Por eso no puedo ir a almorzar a casa de tu hermana, James. Moira va a venir a la ciudad un día para almorzar conmigo.

—Eso me ha dicho. Se muere de ganas.

—Yo también. Por cierto. Sé que Claudia va bien, pero que está muy aburrida. ¿Has ido a verla recientemente?

—Sí. Estaba en Londres para una cena y fui a verla al día siguiente, cuando regresaba a casa. Lily y Dominic estaban con ella, junto con un par de amigas y Tom Bradfield, que estaba bastante avergonzado. Mi presencia pareció resultar tan molesta que no me quedé mucho rato. Según Lily, Tom va a ver a Claudia con regularidad desde el accidente.

—¿Te está dejando de prestar atención a ti, James?

—Eso parece. Gracias a Dios.

—¿Y no deberías decirle lo que sientes a Claudia? Está coladita por ti, James.

—Más bien lo estaba. Ya no. De todos modos, mis sentimientos hacia ella, y hacia Lily, siempre han sido fraternales.

—¡Venga ya! Aquella noche en casa de tu hermana no te mostraste muy fraternal.

James se ruborizó.

—Tuve motivo para lamentarme de eso más tarde, cuando Moira me puso en un aprieto.

–En cuanto llegué a casa de tu hermana, supe por qué estaba allí. Podría haberte dado la información necesaria por teléfono, pero tú querías que te viera en familia y con una gloriosa criatura como Claudia babeando por ti.

–Tal y como lo cuentas, suena muy inmaduro, pero no puedo negarlo. Aquel día en tu despacho, te mostraste tan distante y tan altiva que aproveché la oportunidad de mostrarte que había progresado mucho desde que era un técnico informático que no era lo suficientemente bueno para la señorita Harriet Wilde de River House.

–Yo nunca tuve esa opinión sobre ti.

–Tal vez tú no, pero tu padre sí.

–Eso no lo puedo negar, pero solo porque no te conocía.

–No fue culpa mía.

–Lo sé. Quería reservarte para mí, para que nada pudiera estropear lo que teníamos juntos.

–Sin embargo, cuando le dijiste que íbamos a irnos a vivir juntos, todo se acabó.

–Sí. Mi padre se empeñó.

–No creo que tu padre pudiera haberte encerrado y haberte mantenido con pan y agua, Harriet. Podrías haberte marchado de casa si hubieras querido. ¿Fue cuestión de dinero? ¿Acaso no habrías podido terminar tus estudios sin que él te apoyara?

Harriet sintió la tentación de decir que sí, pero negó con la cabeza.

–Yo tenía un fondo que mi madre me había dejado.

–Entonces, ¿por qué diablos no te marchaste conmigo? –le preguntó él con voz ronca–. ¿Acaso temías que yo quisiera tener una parte de ese fondo de tu madre?

—No, James —dijo ella muy cansada—. ¿Para eso has venido hoy aquí? ¿Para revolver el pasado?

—No. Aunque no te lo creas, pensé que podrías estar enferma. En vez de eso, te encuentro cortando el césped con este calor. Y mañana, vas a marcharte corriendo para cuidar a la niña de tu hermana durante todo el día. ¿Cuántos años tiene?

—Tres.

—¿Cuidas de ella a menudo?

—Solo cuando hay algún problema, aunque normalmente lo que Sophie considera un problema es muy distinto a lo que yo considero un problema. Siempre le han encantado los dramas.

—¿No te llevas bien con ella?

—Está celosa de mí porque yo soy la que está en casa con papá.

—Y, sin embargo, tú eres a la que llama cuando tiene un problema.

—Vivo a poco más de una hora en coche y Julia está en Londres. De todos modos, con Julia no conseguiría nada. No es exactamente la clase de mujer a la que le gusta cuidar niños —dijo Harriet con una sonrisa.

—Y tú sí.

—Sí. Un día pasado en compañía de Annabel es un placer.

—En realidad, tenía otra razón para invadir tu torre de marfil.

—¡Te aseguro que de torre no tiene nada, James!

—Bueno, pero sirve para el mismo propósito. Aquí es donde te escondes del mundo.

—Yo no me escondo.

—Entonces, si un hombre quiere acostarse contigo, es siempre en su casa, no en la tuya.

–Más o menos –replicó ella–. ¿Y tú? No te he preguntado dónde vives ahora.

–Compré una casa cerca de Cheltenham hace un par de años. La he estado arreglando poco a poco. Es un edificio catalogado, por lo que tengo que ir con cuidado. Por cierto, ¿sabe ya tu padre quién soy?

–Sí. El señor Lassiter disfrutó mucho contándoselo –comentó Harriet mientras se bebía el resto del agua–. Mi padre se puso tan furioso que pensé que le iba a dar un ataque. Al final, la tormenta terminó calmándose. Lo verdaderamente irónico de todo esto es que le caes bien. Y tu familia también. En cierto modo, creo que eso fue lo peor cuando se enteró de quién eres tú.

–Debe de ser muy duro no tener una buena relación con tu padre. Mis padres murieron relativamente jóvenes, pero Dan y yo tuvimos suerte. Estaba Moira.

–Mucha suerte. Siento mucho no poder ir a comer a su casa mañana.

–He visto que ya habéis empezado a arreglar el tejado –dijo él cambiando de tema–. ¿Cuándo van a terminar?

–La semana que viene. Espero que cumplan su palabra, porque mi hermana está organizando una sesión fotográfica para su revista y, más tarde, una cadena de televisión quiere rodar aquí. A pesar de que solo querías vengarte de nosotros, echaste la bola a rodar y creo que, en cierto sentido, te ha salido el tiro por la culata. Le has dado a River House una segunda oportunidad.

James dejó su vaso y tomó a Harriet entre sus brazos.

–¿Es que no piensas nunca en otra cosa que sea tu maldita casa? –le preguntó.

Entonces, besó los labios de Harriet cuando ella los abrió para protestar. La abrazaba tan fuerte que ella casi no podía respirar. El beso suponía un castigo tan claro que Harriet perdió la compostura y le mordió la lengua. James soltó una maldición y la soltó.

Ella se dirigió a la cocina y cortó un trozo de papel. Se limpió la boca con un trozo y le llevó el resto a James.

—Toma —le dijo con frialdad—. Estás sangrando.

Él se apretó el papel contra la punta de la lengua mientras la miraba con rencor.

—Solo tenías que decir que no.

—Si hubiera podido hablar, lo habría hecho. ¿A qué demonios ha venido eso, James? ¿No ha sido suficiente venganza lo de la casa?

—Por el amor de Dios, deja de hablar sobre la casa. La casa en la que no vives, la casa que no vas a heredar, pero la casa por la que te pasas la vida trabajando para poder mantenerla. ¿Cuándo vas a agarrar la vida con las dos manos para vivirla al máximo, Harriet? No hay más. Es muy breve... ¿De qué sirve todo esto? —le preguntó. Entonces, respiró profundamente y recuperó la compostura—. Lo siento.

—Está bien —le espetó ella. Entonces, se volvió bruscamente al llegar a la puerta—. Yo no voy a disculparme por morderte.

—Con la madurez, has desarrollado ciertas tendencias violentas —observó él mientras salía de la casa—. ¿Te portas así con todos tus hombres?

—La ocasión jamás se ha presentado. Ellos me tratan con respeto.

—¡Pues qué aburrido! —exclamó él mirándola con desdén—. Adiós, Harriet.

Ella cerró la puerta sin contestar. Entonces, lanzó un grito cuando la puerta volvió a abrirse. James la tomó de nuevo entre sus brazos para volver a besarla.

Sin embargo, aquella vez lo hizo con la mágica persuasión que ella nunca había encontrado con otro hombre. Contra su voluntad, sintió que su cuerpo respondía hasta que James la soltó de repente.

—Esa es mi verdadera disculpa —le dijo él. Entonces, la dejó de pie, completamente inmóvil mientras se marchaba. A pocos metros, se dio la vuelta—. Para que conste, si cancelaste el almuerzo con Moira tan solo para evitarme, no tendrías que haberte molestado. No voy a estar de todos modos.

Harriet permaneció mirando la puerta cuando se cerró. Entonces, fue a sentarse al sofá sintiéndose como si le faltara por completo la energía. Los ojos se le llenaron de lágrimas y estas comenzaron a caerle por las mejillas. Maldito fueran James Crawford y sus besos.

Capítulo 9

EL DÍA siguiente no empezó nada bien. El coche de Harriet se negó a arrancar, su padre había salido y el taller que ella solía utilizar no estaba abierto los domingos. Se vio obligada a tomar un taxi para llegar al hogar de su hermana en Pennington. Cuando llegó, el recibimiento estuvo dividido. Gervase se mostró amable y simpático y Sophie impaciente. Annabel no parecía estar por ninguna parte.

–Has apurado mucho –se quejó Sophie–. ¡Son las once y media!

–Mi coche no arrancaba. Tuve que tomar un taxi. ¿Dónde está Annabel?

–Durmiendo. Tiene un pequeño resfriado.

–Es mucho más que eso –dijo Gervase mientras miraba a su esposa con intranquilidad–. No estoy seguro de que debieras marcharte y dejarla sola, cariño.

Sophie se tensó.

–¿No ir? ¿Por qué? Se trata de solo un resfriado y Harriet es más que capaz de cuidarla. No te importa que vaya, ¿verdad, Harriet?

–No –dijo ella, aunque le extrañaba que Sophie quisiera dejar a Annabel si la niña se encontraba mal–. ¿Vais a ir lejos?

–No, está muy cerca de aquí. Podríamos estar de vuelta en cuestión de minutos si nos necesitas –dijo

Gervase. Entonces, le dio un beso en la mejilla–. Gracias por ayudarnos, Harriet.

–Sí, gracias –dijo Sophie más calmada–, aunque me temía que no ibas a llegar a tiempo.

–Te pagaré el taxi cuando regresemos, Harriet –prometió Gervase. Era un hombre alto, elegante, veinte años mayor que su esposa.

–¿Crees que este vestido es adecuado para una fiesta que se celebra por la mañana?

A Harriet le pareció que no era adecuado para ninguna clase de fiesta. El estampado era demasiado chillón y el vestido en sí era demasiado corto.

–Es muy veraniego...

–Crees que es horrible. ¡Lo sabía! –aulló Sophie–. Tendrás que esperar mientras me cambio, Gervase –añadió mientras iba subiendo las escaleras a la carrera.

–Ve a ver a Annabel –le dijo su esposo. Entonces, se volvió a sonreír a Harriet–. Sophie se derrumbó cuando Pilar tuvo que marcharse tan precipitadamente.

–¿Una crisis familiar?

–Su madre está enferma. Sin Pilar, Sophie está perdida, en especial cuando Annabel no está bien. Los tres hemos pasado muy mala noche. Regresaremos a las cuatro como muy tarde, pero, si quieres que vengamos antes, no dudes en llamar. Este es el número de mi móvil.

De repente, se escuchó el llanto de una niña desde la planta superior.

–Idos. Yo me encargaré de Annabel –dijo Harriet mientras subía rápidamente las escaleras para ir a la habitación de la niña.

Sophie, vestida de lino azul y perlas, estaba tratando de calmar a su hija.

–No llores, cariño –le suplicaba Sophie frenéticamente–. ¡Mira! La tía Harriet ha venido a jugar conmigo.

La niña extendió los brazos hacia Harriet.

–Quiero bajar –sollozó la pequeña.

–Pues eso haremos –dijo Harriet mientras la tomaba en brazos. Se alarmó al notar la temperatura corporal de la pequeña–. Vamos primero a lavarte la cara y luego nos acurrucaremos en el sofá. Dile adiós a mami.

Harriet le indicó a Sophie que se marchara mientras esta le señalaba un frasco que había sobre la mesilla de noche.

–Dale una dosis de eso después de comer.

–No... quiero... comer –lloriqueó la niña mientras se abrazaba con fuerza al cuello de Harriet.

–He dejado muchas cosas en el frigorífico, pero, si no le apetece nada sólido, dale simplemente un poco de fruta –dijo Sophie–. Pórtate bien con la tía, cariño.

Tras darle un beso a la niña en el pelo, se marchó corriendo. Harriet tomó un camisón y se llevó a la niña al cuarto de baño. Allí, le lavó la carita y las manos y le puso el camisón seco.

–Ya está. Ahora te sentirás mejor.

Se dirigieron a la cocina y Harriet dejó a la niña en la trona. Entonces, fue a mirar en el frigorífico y encontró una deliciosa ensalada, que seguramente Sophie habría preparado para ella, y también varias posibilidades para el almuerzo de la pequeña.

–¿Qué te apetece, cariño? ¿Pasta? ¿Huevos revueltos?

–Un plátano, por favor –dijo la niña con voz ronca.

Harriet le preparó el plátano y llevó el plato a la mesa con un yogur.

–Venga. ¿Vas a comer tú solita o quieres que te ayude yo?

–Tú me ayudas. ¿Me puedo sentar en tu regazo? La silla me hace daño.

–Por supuesto. De hecho, ¿quieres que hoy hagamos algo especial y nos llevemos la comida al salón en una bandeja para que puedas comer mientras ves uno de tus DVDs favoritos?

–Sí, pero encima de ti.

Harriet decidió que haría lo que fuera para que la niña comiera. Con la ayuda de la película, consiguió que Annabel se tomara la mitad del plátano y un poco de yogur. Tardaron tanto en comer que la niña empezó a tener sueño de nuevo.

–Primero tomaremos la medicina. Luego, podrás echarte una siesta.

–¡Aquí contigo!

–De acuerdo.

Después de que la niña se tomara la medicina, las dos se acomodaron en el sofá. Harriet respiró aliviada cuando sintió que la pequeña se relajaba contra ella. Le tocó la frente de nuevo y decidió que aquello era mucho más que un pequeño resfriado.

El ratito que la niña estuvo durmiendo, fue el único interludio tranquilo de la tarde.

Al ver que Sophie y Gervase aún no habían vuelto a las cuatro, Harriet decidió llamar al número que su cuñado le había dado. Sin embargo, antes de que pudiera hacerlo, Annabel empezó a vomitar.

Después de lavarla, vestirla con ropa limpia y animarla para que bebiera un poco de agua, Harriet le dijo:

–Ahora, vamos a pedirles a mamá y a papá que vuelvan a casa.

–Quiero que tú te quedes...

–Vamos a llamar a mamá y a papá y luego ya veremos.

Gervase y Sophie tardaron pocos minutos en llegar después de que Harriet los llamara. Sophie se acercó corriendo a su hija y lanzó un grito al tocarle la frente.

–¿En qué estabas pensando? –le espetó a Harriet–. ¿Por qué diablos no has llamado antes?

–Cuando vi que eran las cuatro y que aún no habíais llegado tal y como habíais prometido, fui a llamaros, pero entonces Annabel empezó a vomitar y tuve que limpiarla. Tienes que llamar al médico ahora mismo.

–Yo lo hago –dijo Gervase mientras sacaba su teléfono móvil.

Sophie trató de tomar en brazos a su hija, pero Annabel se aferró con fuerza a Harriet.

–¡Quiero a la tía!

Al escuchar aquellas palabras, Sophie se marchó corriendo muy disgustada. Gervase, por su parte, terminó de hablar por teléfono y miró a su hija.

–El médico de guardia estará aquí en cuanto pueda, gracias a Dios. Como no tenía que conducir, he bebido un poco y no podría llevar a Annabel a la consulta. No deberíamos habernos marchado. Por suerte, uno de los invitados nos trajo a casa en coche y así pudimos llegar tan rápido. De hecho, aún está en la sala –susurró mientras le acariciaba suavemente el cabello.

–Sophie dijo que era importante que estuvieras en esa fiesta.

–Efectivamente, pude establecer buenos contactos, pero nada de eso es tan importante como Annabel –dijo Gervase. Justo en aquel momento, Sophie regresó al salón–. No deberíamos haber ido.

–Yo sabía que la niña estaría bien con Harriet –dijo Sophie.

–Pero no lo está. No deberíamos haber ido –insistió Gervase.

–Dijiste que era importante.

–Importante para mí, no para los dos. Por una vez, tú te podrías haber quedado en casa.

Sophie se echó a llorar y eso provocó que Annabel comenzara de nuevo a sollozar.

–No llores, cariño –susurró Harriet–. Mamá tiene dolor de cabeza y necesita hacer un poco de té. A mí también me gustaría una taza.

Sophie dejó de llorar al notar la severa mirada de su esposo.

–De acuerdo –dijo. Entonces, acarició suavemente la cabeza de la niña y se marchó.

–¿Podrías quedarte con Annabel durante un minuto, Gervase? Tengo que ir al baño.

–Sí, sí, claro. Dámela –respondió él. Se quitó la chaqueta y tomó a la pequeña, que no dejaba de protestar–. Ya, ya, cariño. La tía no va a tardar mucho.

Cuando Harriet se dirigía al cuarto de baño, pasó por delante de la sala. Entonces, Sophie salió a la puerta y la llamó.

–Ven a conocer a James Crawford, que amablemente nos ha traído a casa desde la fiesta. James, esta es mi hermana Harriet Wilde, pero creo que eso ya lo sabes –añadió Sophie con una risita. Entonces, se volvió al escuchar que sonaba el timbre–. Debe de ser el médico. Perdonadme.

James iba vestido con un elegante traje de lino. Miró a Harriet en silencio durante un instante.

–Evidentemente, yo aquí estoy estorbando. Debería marcharme. Cuando llamaste a tu hermana, ella se puso tan nerviosa que me ofrecí a traerlos en coche.

–Desde luego. Muy amable de tu parte.

Gervase entró corriendo.

–Siento interrumpir, Crawford. El médico necesita que Harriet le dé información.

Cuando Harriet regresó al salón, Annabel trató de soltarse de su madre y le extendió los brazos.

—No me gusta ese hombre, tía —sollozó.

El médico sonrió.

—Supongo que es usted la que ha estado cuidado de Annabel esta tarde, señorita Wilde. ¿Qué le ha dado?

Sophie le entregó la niña a Harriet.

—Te dije exactamente cuándo tenías que darle la medicina. Espero que te hayas acordado.

—Por supuesto que me he acordado, Sophie —le recriminó Harriet—. Annabel tomó medio plátano y un poco de yogur a las doce y media. Después, le di una dosis de medicina. Durmió un rato y se despertó tosiendo. A partir de entonces, ha estado muy inquieta toda la tarde y con la temperatura muy alta. Se quejaba de que le dolía la tripa y la espalda. Le di otra dosis a las cuatro, pero poco después vomitó. Hasta que llegaron sus padres a casa, le estuve dando agua a sorbitos.

—¿Qué le pasa, doctor? —preguntó Gervase.

—Hay un virus circulando que da todos los síntomas que tiene su hija. No se puede hacer mucho más que darle mucho líquido y mantenerla tranquila mientras la naturaleza sigue su curso. Me temo que tengo que marcharme ahora —dijo el médico mientras recogía sus cosas—, pero pueden ir a la consulta mañana si necesitan más ayuda.

Sophie acompañó al médico a la puerta y regresó rápidamente. Entonces, miró a Harriet esperanzada.

—¿Te podrías quedar un poco?

—Solo hasta que Annabel se vaya a la cama. ¿Crees que me podrías traer el té ahora, Sophie?

—¿Estás segura, Harriet? —dijo Gervase—. Tienes que trabajar mañana.

—Me quedaré hasta que la niña se tranquilice un

poco –afirmó Harriet mirando a su sobrina con adoración.

Sophie regresó unos minutos más tarde con el té. Parecía enojada.

–Me tomé muchas molestias para prepararte esa ensalada y ni siquiera la has tocado.

–Annabel se disgustaba mucho si trataba de moverme, por lo que ni siquiera fui al cuarto de baño y mucho menos comer.

–Dámela –dijo Gervase–. Yo la tendré en brazos mientras tú te tomas el té. Sophie, ve a traerle a tu hermana algo de comer.

–La ensalada estará bien –comentó Harriet–, pero no te molestes en traerla. Yo puedo ir a la cocina.

–Annabel te quiere a ti, por lo que es mejor que te quedes aquí –dijo Sophie antes de salir del salón.

–Sophie se siente culpable –explicó Gervase.

«Y debería», pensó Harriet mientras se tomaba el té. Cuando terminó, le dijo a Gervase que le diera de nuevo a la niña.

–Tú ve a atender a tu invitado.

Gervase le entregó a la niña. Justo en aquel momento, regresó Sophie con la ensalada.

–Gracias, Sophie.

–Voy a ver si Crawford quiere algo más de beber –dijo Gervase antes de marcharse.

–Sé lo que estás pensando, Sophie, pero Gervase estableció contactos con personas muy importantes, por lo que hicimos bien en ir a la fiesta. Y, hablando de fiestas, ¿por qué no se nos invitó a la de River House?

–Era James Crawford el que invitaba. Papá quería ir y yo simplemente asistí para asegurarme de que no estropeaban nada de la casa o de los jardines. La fiesta tuvo tanto éxito que hasta salió publicada en la prensa. Y ahora tengo dinero para arreglar el tejado.

–¿Significa eso que papá no tendrá que vender?

–Es un comienzo. Julia va a llevar a los de su revista y Charlotte tiene otras personas interesadas después, por lo que ahora la situación es más esperanzadora.

–Gracias a Dios. ¿Está papá contento?

–Encantado –le aseguró Harriet–. Esto tiene un aspecto delicioso, Sophie, pero preferiría llevar a Annabel a la cama antes de comer.

–Bien. Sube tú y yo me reuniré contigo cuando haya hablado de una cosa con James Crawford. Por cierto, no me habías dicho que ya lo conocías.

–Hace ya tanto tiempo de eso que se me había olvidado. Ten cuidado de no despertar a Annabel cuando subas porque tengo que marcharme...

Sophie ya había salido del salón. Harriet subió lentamente las escaleras, pero, en el momento en el que intentó dejarla en la cama, la niña empezó a protestar. Con un suspiro, Harriet se sentó en la mecedora y comenzó a acariciarle la cabeza hasta que la pequeña volvió a tranquilizarse y en aquella ocasión no protestó cuando la acostó. Harriet permaneció sentada esperando que llegara su hermana. Veinte minutos más tarde, Sophie aún no había subido, por lo que Harriet salió de la habitación y bajó a la sala. Allí, Sophie estaba tratando de sacarle a James todos los detalles de la fiesta. Al ver que llegaba Harriet, se sonrojó.

–¡Por fin! ¿Está ya dormida Annabel?

–Sí, pero subid con cuidado cuando vayáis a verla.

–Lo haremos –dijo Gervase sonriendo con gesto culpable. Entonces, agarró a Harriet de la mano–. Perdona un momento, Crawford.

Cuando estuvieron solos, James indicó a Harriet que se sentara.

—¡Por el amor de Dios, siéntate! Pareces exhausta.

—Ha sido un día con muchas preocupaciones. Annabel está malita. Pobre.

—No es asunto mío, por supuesto —dijo James mientras se sentaba a su lado—, pero si la niña estaba enferma, ¿por qué salió tu hermana y la dejó?

—Sophie sabía que Annabel estaría bien conmigo —dijo, para no entrar en polémicas.

—No he visto tu coche fuera.

—Esta mañana no me arrancaba. He venido en taxi.

—En ese caso, te llevaré a casa. ¿O te vas a quedar a pasar la noche?

—No puedo. Tengo que ir a ver a un cliente a primera hora. Mira, James, es muy amable de tu parte, pero no puedo hacer que me lleves a mi casa y luego tengas que volver aquí.

—No tendré que hacerlo. Puedo dormir en casa de mi hermana —dijo James. Se levantó al ver que Gervase entraba en la sala—. ¿Cómo está tu hija?

—Durmiendo, gracias a Dios. Harriet, ¿podrías subir un momento? Sophie quiere hablar contigo.

—Por supuesto. Me despediré ahora de ti por si te has marchado antes de que baje.

—No tengo prisa —afirmó él.

—Muy bien —dijo Gervase mirándolos con curiosidad—. Dado que tienes que conducir, Crawford, ¿quieres un café?

Al llegar a la habitación de Annabel, Sophie se llevó un dedo a los labios y salió con su hermana al rellano.

–Por favor, quédate a pasar la noche, Harriet. Voy a necesitar ayuda con Annabel y a ti te quiere mucho.

–Lo siento. Tengo que volver. Tengo una reunión con un cliente a primera hora de la mañana.

–¿Tu trabajo es más importante que ayudar a cuidar de tu sobrina?

–Una simple fiesta era hoy más importante para ti que quedarte en casa para ayudar a tu hija –le espetó Harriet–. Mira, Sophie. Quiero mucho a Annabel, pero me gano la vida con mi trabajo. Tengo que irme a mi casa.

–Sí, vale, muy bien, pero tendrás suerte si encuentras un taxi que te lleve tan lejos a esta hora de la noche de un domingo –dijo Sophie con petulancia sin saber que aquel comentario ayudó a que su hermana tomara una decisión.

–James Crawford se ha ofrecido amablemente a llevarme a mi casa.

–¿Va a ir hasta tan lejos y va a regresar esta noche?

–No. Se va a quedar a pasar la noche en casa de su hermana, que vive en Wood End.

–En ese caso, es mejor que te vayas –dijo Sophie de mala gana–. Te estoy muy agradecida, de verdad. Gracias por cuidar de Annabel.

–No te voy a decir que he disfrutado con ello porque ha estado enferma, pero me encanta estar con ella. Es un cielo. Te llamaré mañana para ver cómo está.

Harriet fue un momento al cuarto de baño para asearse. Entonces, miró por última vez a su sobrina y luego bajó con su hermana a la sala. Allí, sonrió a James.

–Siento haberte tenido esperando. Voy a recoger mis cosas.

James se despidió cordialmente de Sophie y de Gervase y salió con Harriet de la casa.

–¿Qué te ha hecho cambiar de opinión? –le preguntó él cuando estuvieron en el coche.

–Sophie quería que me quedara a pasar la noche.

–¿Y eso era peor que tener que venir conmigo en coche?

–En absoluto. Te estoy muy agradecida, James.

–Me sorprendiste mucho cuando me dijiste que estabas lista para marcharte.

–Pues no parecías sorprendido.

–He aprendido a ocultar mis sentimientos a lo largo de los años.

–Yo también –dijo ella amargamente.

–Lo noté el día en el que entré en tu despacho. Debiste de quedarte de piedra al descubrir que yo era el hombre que quería alquilar tu casa, pero ni siquiera te inmutaste.

–Lo peor fue que cuando ibas a hacer el discurso en tu fiesta, pensé durante un horrible instante que ibas a decirle a todo el mundo que habías alquilado River House para humillar a mi familia.

–¡Dios santo! –exclamó él con gesto herido–. Me conoces bastante bien como para saber que yo no haría algo así, Harriet.

–Conocía al hombre que eras hace diez años, pero apenas reconocí a ese James en el hombre en el que te has convertido.

–Evidentemente, si fuiste capaz de pensar que te sometería a una humillación pública. Aparte de eso, solo un idiota estropearía su fiesta antes de empezar siquiera. Tal vez yo sea muchas cosas, pero no soy un idiota. Al menos, ya no. Para tu información, el bienestar de mis empleados es más importante que la venganza.

Pasaron el resto del viaje en silencio.

–Gracias por traerme a casa –dijo ella al llegar mientras bajaba rápidamente del coche para que él no pudiera ayudarla.

–De nada –replicó él con gesto distante mientras salía del coche–. Espero que tu sobrina se ponga mejor.

–Yo también.

Cerró la puerta sin poder mirar a James a los ojos. Musitó una palabra de despedida y se dirigió rápidamente a su casa, pero James le impidió entrar agarrándola de la mano.

–Harriet, no quiero que nos separemos así. Prométeme que te vas a meter enseguida en la cama. Estás a punto de caerte.

–Sí –dijo ella con una sonrisa–. Gracias por traerme a casa.

–De nada. Que duermas bien.

Cuando Harriet escuchó que el coche de James desaparecía en la distancia, entró en su casa. En ese momento, recordó que no había comido nada en todo el día. Se preparó unas tostadas y se marchó inmediatamente a la cama. A la mañana siguiente, llamó al taller para pedir un coche de sustitución mientras arreglaban el suyo y llamó a su hermana para preguntar por Annabel.

–He contratado a una enfermera particular –le dijo Gervase–. El médico ha venido otra vez y ha dicho que es solo un virus, pero a las tres de la mañana me pensaba que iba a ser algo peor. Sophie estaba histérica de preocupación.

–Me siento culpable de no haberme podido quedar a ayudaros, pero hoy tengo reuniones todo el día...

–¡Por el amor de Dios, Harriet! No tienes por qué sentirte culpable. Tienes que trabajar. Yo puedo pagar a quien sea necesario para que cuide de Annabel.

–Dale un beso de mi parte. A Sophie también. ¿Vais a estar hoy en casa?

–Yo me marcharé cuando la enfermera llegue, pero luego trabajaré desde casa hasta que Annabel se haya curado.

El lunes nunca había sido el día de la semana favorito de Annabel, pero aquel fue especialmente difícil. Tuvo un terrible dolor de cabeza todo el día, que empezó a convertirse en migraña a última hora de la tarde. Cuando por fin se marchó a casa, soñando con un buen baño antes de irse a la cama, se encontró con que Miriam la estaba esperando.

–Otra vez has estado trabajando hasta muy tarde. Tienes un aspecto terrible –le dijo su madrina–. Además, ayer te llamé y no me devolviste la llamada.

Harriet le explicó el porqué y se ofreció a prepararle un té.

–Siéntate –le dijo Miriam–. Yo lo prepararé. Y también te haré un bocadillo.

–No tengo mucha hambre, pero el té me sentaría bien. Gracias, Miriam.

Cuando su madrina regresó con el té, unos bocadillos y unos bollitos con mantequilla, Harriet sonrió débilmente.

–¡Me estás mimando demasiado!

–Pues ya iba siendo hora de que alguien lo hiciera.

–En realidad, iba a llamarte esta tarde. Anoche cuando escuché el mensaje, era demasiado tarde. Lo que me recuerda que es mejor que llame a Sophie antes de comer.

–Llámala después, niña.

–No. Lo haré ahora.

Gervase le dijo que Sophie estaba tumbada y que Annabel estaba poco más o menos igual, pero al menos no había empeorado. Afortunadamente, la enfermera que le habían enviado de la agencia le caía muy bien, lo que estaba dando un respiro a sus padres.

Cuando Harriet colgó el teléfono, Miriam le preguntó:

—¿Sophie no está disponible?

—Estaba descansando. Afortunadamente, a Annabel le gusta la enfermera que han contratado.

Miriam lanzó un resoplido.

—Yo no he tenido hijos, así que no puedo arrojar piedras al tejado de nadie, pero recuerdo a tu madre peleando con vosotras tres con todos los problemas que la infancia de un niño acarrea. Cualquiera diría que Sophie se puede ocupar de una niña pequeña sin tener que pagar a una enfermera. Debería estar de rodillas dando gracias por un marido lo suficientemente rico como para permitirle todos los lujos.

—Mamá tenía a Margaret para que la ayudara.

—Y era maravillosa, pero Sarah os cuidaba personalmente y era la que se levantaba cuando llorabais por la noche. Y tú, en vez de andar por ahí cuidando a la hija de tu hermana, deberías estar buscando marido y teniendo un hijo propio. He oído que has estado viendo con frecuencia al hombre que sustituyó a tu padre en el banco.

—Nick Corbett es tan solo un amigo con el que resulta agradable salir de vez en cuando.

—Supongo que eso es mejor que nada —dijo Miriam mientras se ponía de pie—. No te levantes. Sé perfectamente dónde está la salida. Por cierto, ¿se ha enterado Aubrey de quién es quien alquiló River House?

—Sí. Tuvimos una gran discusión. Por cierto, debería llamarle para contarle lo de Annabel. Adora a la niña.

–Es muy rica –admitió Miriam–, lo que es un milagro con una madre como Sophie. Aubrey siempre la mimó demasiado.

–Era tan una niña tan guapa...

–Bueno, tú cómete eso, termínate el té y luego vete a la cama, querida.

–Lo haré. Gracias por venir –le dijo Harriet con una débil sonrisa–. Esto de que la mimen a una está muy bien. Podría terminar acostumbrándome...

Miriam se echó a reír y sorprendió a Harriet dándole un beso de buenas noches.

Después de cenar un poco y de llamar a su padre para dejarle un mensaje sobre su nieta, Harriet se tumbó en el sofá. Se tumbaría solo un minuto y luego se iría a la cama...

Al escuchar que alguien llamaba a su puerta, se despertó. La cabeza le daba vueltas. Se levantó como pudo y fue a abrir. Allí, se encontró a James. Iba vestido con un traje y parecía furioso.

Harriet consiguió saludarle débilmente antes de que perdiera el conocimiento. Cuando abrió los ojos, estaba de vuelta en el sofá. James estaba a su lado.

–Me duele mucho la cabeza... –dijo ella débilmente.

–Evidentemente, tu sobrina te ha pegado algo.

–No. Simplemente estoy cansada, nada más. ¿Qué es lo que estás haciendo aquí?

–Voy a pasar la noche en casa de Moira. Quería hablar contigo.

–¿De qué?

–Del destino –respondió él, sorprendiéndola–. Para empezar, fue el destino el que me condujo a Charlotte Brewster cuando estaba buscando un lugar especial para celebrar mi fiesta. Imagina mi reacción cuando me enteré de que tú eras la contable de la señorita Brewster y, más aún, que River House era una posibilidad para la fiesta –comentó James mientras se sentaba sobre el brazo del sofá, mirándola.

–Sin duda te pusiste muy contento.

–Así es. Me llevé una pequeña decepción cuando fui al banco y me enteré de que tu padre ya se había jubilado, pero entonces te vi y supe que tú al menos seguías por aquí y que probablemente seguías viviendo en River House con papá, lo que significaba que podría matar dos pájaros de un tiro alquilando la casa. Sin embargo, las cosas no salieron como yo esperaba.

–¿Porque tu acto de venganza proporcionó una publicidad muy útil a los pájaros?

–Y porque como la venganza es un plato que se come mejor frío, me está resultando un poco difícil tragarlo.

Harriet notó que él estaba diciendo la verdad. También sintió el calor que emanaba del cuerpo de él y el aroma de su cuerpo. Aquella potente mezcla fue demasiado para ella. Se disculpó rápidamente y se marchó a la cocina. Allí, se apoyó sobre el fregadero.

Una mano abrió el grifo del agua fría y le entregó un trapo. Harriet lo agarró y se lo apretó contra el rostro, que notó ardiente y sudoroso.

–¿Te encuentras bien? –le preguntó James.

Harriet se apartó el trapo del rostro y, como pudo, le dio las gracias. Entonces, se tambaleó mientras trataba de permanecer de pie y le aseguraba a James que se encontraba bien. Él la miraba fijamente. De repente, la tomó en brazos y se dirigió con ella a la escalera.

–¿Qué estás haciendo? –exclamó ella.

–Te llevo a la cama. ¿Es esta tu habitación?

Harriet sintió que la cabeza le daba vueltas. Cuando James la depositó en la cama, se sintió atrapada por una neblina que no la dejaba reaccionar.

–James... –susurró desesperadamente.

–Estoy aquí –dijo él mientras le apartaba el cabello de la cara.

A continuación, le desabrochó la chaqueta del trabajo, que ella aún llevaba puesta, y la camisa. Se sentía como si estuviera desnudando a una muñeca por el modo en el que ella simplemente se dejaba hacer. Después, le quitó la falda. En todo aquello, no había nada sexual. La ternura que él había sentido hacia la Harriet adolescente despertó de repente en aquel instante, cuando la arropó delicadamente con la sábana.

Al ver que ella levantaba los brazos y abría los ojos oscuros, se tensó.

–¿James?

–Duérmete –le susurró. Todos los músculos de su cuerpo se tensaron cuando Harriet tiró de él para darle un beso.

–Supongo que estoy soñando –musitó Harriet mientras dejaba caer los brazos.

James se puso de pie, mirándola. Si estaba delirando, tal vez había enfermado con el virus de su sobrina. Podría ser también que solo necesitara descansar. Lanzó una maldición al escuchar que alguien llamaba a la puerta de la casa. Si era el banquero amigo de Harriet, se libraría de él para que no la despertara. Bajó la escalera y fue a la puerta. Cuando la abrió, vio que el que estaba a punto de volver a llamar era Aubrey Wilde.

Capítulo 10

LOS DOS hombres se miraron con una antipatía que ninguno de los dos hizo nada por ocultar. Aubrey ni siquiera se molestó en saludar.

—Quiero hablar en privado con mi hija.

—Harriet está en la cama. Está enferma. Yo tengo que marcharme, por lo que la dejo en sus manos.

Aubrey lo miró fijamente mientras se dirigía al coche y se marchaba. Después de dudarlo un instante, entró en la casa y cerró la puerta. Esperó un instante y, entonces, oyó movimiento arriba y escuchó agua corriendo en el cuarto de baño. Tosió para anunciar su presencia.

—¿James? —llamó ella con voz ronca mientras se ponía una bata.

—No, soy yo.

Había estado soñando. Bajó la escalera con mucho cuidado, deseando que la cabeza dejara de dolerle.

—¿Recibiste mi mensaje, papá?

—Sí. ¿Le ocurre algo a Annabel?

—Tiene un virus, pobrecita. Yo estuve cuidándola ayer mientras Gervase y Sophie se iban a una fiesta.

—Por supuesto. Sophie no se perdería una fiesta ni aunque su hija estuviera enferma. ¿Dónde estaba su *au pair*?

—Se tuvo que marchar a España. Ahora, han contratado a una enfermera para que se ocupe de la niña.

–¡Dios santo! Ese hombre es demasiado indulgente con Sophie. Tú no tienes muy buen aspecto. Deberías volver a la cama.

–Solo he bajado para tomar algo de beber. Luego volveré a la cama.

Aubrey tensó el gesto.

–Crawford me abrió la puerta. ¿Qué estaba él haciendo aquí?

Harriet tragó saliva. No se había estado imaginando nada.

–Estaba en la misma fiesta que Gervase y Sophie y los llevó a casa cuando Annabel se puso enferma. Luego me trajo a mí a casa.

–¿Por qué?

–Mi coche no arrancaba, por lo que me fui en taxi a la casa de Sophie. Como no me sentía muy bien a la hora de marcharme, acepté que James me trajera a casa. Ha venido a preguntar por Annabel.

–Entiendo. Mañana no deberías ir a trabajar. Le diré a Margaret que venga a ver cómo estás mañana por la mañana. Ahora, intenta dormir un poco. Buenas noches.

Harriet cerró la puerta con llave cuando su padre se marchó, tomó algo de beber del frigorífico y subió a su habitación. Se sintió muy aliviada al meterse en la cama aunque la noche fue larga e incómoda. Le dolía todo el cuerpo y unas veces tenía frío y otras calor. El dolor de cabeza era tan fuerte que le impedía dormir. Los analgésicos no le ayudaban mucho. Se mantuvo tumbada hasta que amaneció.

Cuando fue la hora, llamó a Lydia para decirle que aquel día no iba a ir a trabajar. Poco después, llegó Margaret con el desayuno en una bandeja. Le dijo que permaneciera en la cama hasta que se sintiera mejor.

–Gracias, Margaret –dijo ella mientras la mujer le colocaba la bandeja en las rodillas–. Siento darte más trabajo.

–Tonterías. Tómate el té mientras esté caliente. ¿Te apetece un huevo escalfado?

–Creo que ahora es mejor que me limite a té y tostadas.

–¿Quieres algo más?

–No, gracias.

Cuando Margaret se hubo marchado, Harriet llamó a Sophie para preguntarle por Annabel. Se enteró de que la niña estaba mejorando rápidamente, pero que su hermana estaba enferma con el mismo virus.

–Por favor, no vayas a trabajar y ven a ayudarme, Harriet. Gervase tiene que irse hoy a trabajar y me siento fatal.

–¿Sigues teniendo a la enfermera?

–Sí, pero es solo para Annabel. ¡Necesito que alguien me cuide a mí!

–Lo siento, Sophie. Yo también estoy enferma en la cama con un fuerte dolor de cabeza. También me encuentro mal.

–¿Cómo? ¡Pero si tú nunca estás enferma!

Harriet estaba sujetándose la cabeza cuando Margaret volvió a entrar en el dormitorio. Al ver que estaba hablando con Sophie, le quitó el teléfono.

–Soy Margaret, Sophie. Me temo que tu hermana no está bien y que no puede seguir hablando contigo ahora. Te llamará cuando se encuentre mejor –dijo. Estuvo escuchando un rato. Entonces, meneó la cabeza con desaprobación–. Es una pena. Espero que te encuentres mejor pronto.

Con eso, colgó la llamada y le devolvió el teléfono a Harriet.

–Gracias, Margaret. Sophie quería que yo fuera a su casa para cuidarla.

Margaret se limitó a mirarla para que Harriet se enterara claramente de lo que pensaba.

–Te prepararé otro té.

Harriet dejó un mensaje a Moira para comunicarle que tendrían que posponer su almuerzo un par de días y luego se rindió al sueño que su cuerpo tanto ansiaba. Cuando se despertó, era ya casi mediodía. Margaret acababa de entrar en el dormitorio de puntillas.

–Tu padre está abajo. Quiere verte, Harriet. ¿Te encuentras con fuerzas?

–Necesito unos minutos para asearme un poco.

Cuando Harriet volvió a meterse en la cama, Aubrey llamó a la puerta, pero se quedó en el umbral.

–¿Cómo estás, Harriet?

–Me duele menos la cabeza, pero me siento un poco débil.

–Evidentemente, has estado haciendo demasiadas cosas. Necesitas unas vacaciones.

Entonces, Harriet frunció el ceño al escuchar que alguien llamaba al timbre.

–¿Sigue Margaret abajo?

–No. Se ha ido a hacer la compra. Yo abriré.

Aubrey regresó unos instantes más tarde con un centro de flores.

–Te las he traído para enseñártelas, pero las bajaré abajo si te dan dolor de cabeza.

Harriet las miró fijamente durante un instante. Entonces, tomó la nota y comprobó quién las había mandado.

–Son de James –le dijo a su padre.

–Entiendo. Las dejaré abajo y te dejaré a ti en paz. Margaret no tardará mucho. ¿Necesitas algo?

–No, gracias. Tengo sueño otra vez. Son las pastillas...

–Por cierto, he llamado al taller. El coche está listo. Te lo van a traer esta tarde.

Al día siguiente, Harriet se sintió lo suficientemente bien como para poder bajar al salón. Estaba empezando a estar un poco aburrida con tanta inactividad y se puso muy contenta cuando Moira fue a visitarla.

–Si no te encuentras bien, me marcho, Harriet.

–Me encantaría que te quedaras un rato.

–¿De verdad que te encuentras mejor? –le preguntó Moira mientras tomaba asiento–. No tienes muy buen aspecto. ¿Ha estado cuidando alguien de ti?

–Sí, Margaret, la mujer que cuida River House. Tengo que ponerme bien pronto porque mi hermana Julia va a traer a su equipo para hacer una sesión fotográfica en la casa.

–Suena genial –dijo Moira. Entonces, reparó en el centro de flores que había junto a la ventana–. ¿Te las ha enviado el señor Corbett?

–No. Tu hermano. Vamos a tomar un café –dijo Harriet mientras se levantaba.

–Puedo hacerlo yo.

–No te preocupes. Necesito volver a la normalidad.

Se fue a la cocina y regresó con los cafés y un plato de galletas de almendra.

–Las ha hecho Margaret.

–Dile que, si alguna vez quiere cambiar de trabajo, tiene uno esperándola en mi casa. Están deliciosas –comentó Moira–. Ahora, vayamos a la razón de mi visita. Por supuesto, quería ver cómo estabas, pero también tengo una proposición que hacerte.

–Tú dirás.

–Marcus tiene una casita que da a una pequeña playa privada en Pembrokeshire. Resulta evidente que te vendrían bien unas vacaciones, así que, ¿por qué no te tomas un par de días libres y te marchas allí? Te vendría bien tomar el sol, si tienes suerte, y no preocuparte de nada. ¿Qué me dices?

–Bueno, me parece que es una oferta que no puedo rechazar –comentó Harriet.

–En ese caso, no la rechaces. Creo que te gustará. Hay un pueblo cercano para que puedas comprar lo que necesites y la señora Pugh se ocupa de limpiar la casa con regularidad. Bueno, ¿qué me dices? –le preguntó mientras sacaba una llave del bolso y la agitaba frente a los ojos de Harriet.

Harriet sonrió. Por una vez, haría algo impulsivo.

–Te digo que sí. Muchas gracias. Si te parece bien, creo que me marcharé mañana.

–Por supuesto. ¿Cómo está tu sobrina?

–Ha mejorado mucho, gracias. Además, ahora que sabe que la *au pair* española que normalmente cuida de ella va a regresar pronto, la recuperación ha sido milagrosa. La de ella y la de mi hermana.

–James me dijo que la conoció en una fiesta a la que fue mientras tú estabas cuidando de tu sobrina y que luego te trajo a casa.

–Sí. Fue muy amable de su parte.

–Dice que tu hermana no se parece en nada a ti.

–No. Ella es la guapa. Julia es la inteligente y yo soy...

–La mujer trabajadora en la que todos confían, por lo que dijo tu padre en la fiesta. ¡Aunque no te voy a perdonar que nos dejaras a todos boquiabiertos con el tango!

–Bueno, de vez en cuando me da un momento de lo-cura, como ahora al aceptar la llave de tu casa en Gales.

–¡Así me gusta!

Harriet se quedó un momento, pensando, como ha-cía con demasiada frecuencia, en lo que creía que había ocurrido en su habitación. ¿De verdad había be-sado a James o lo había soñado? Fuera como fuera, no le apetecía hablar con él.

–¿Me harías un favor? ¿Podrías darle las gracias a James de mi parte por las flores? Dile que le estoy muy agradecida.

Cuando Moira se marchó, la recuperación de Ha-rriet fue rápida por la perspectiva de pasar un fin de semana alejada de River House. Adoraba la casa, pero, en ocasiones, era un peso demasiado grande. Su buen humor se acrecentó cuando su padre se presentó con un paquete que contenía una novela de misterio y el DVD de una película que llevaba mucho tiempo que-riendo ver.

Me he enterado de que estabas enferma y he pen-sado que te apetecería esto. Con cariño, Nick.

–¡Qué amable de su parte! –exclamó ella.

–Cuando estuve hoy en el banco, le mencioné que no te encontrabas bien. Me pidió que me pasara des-pués de comer para recoger esto –dijo Aubrey–. Ahora tienes mejor aspecto. Evidentemente, Moira Graveney te ha animado mucho.

Harriet le contó sus planes para el fin de semana. Le sorprendió que su padre se mostrara de acuerdo.

–Es una idea espléndida. Tendrás que estar en forma para la sesión de Julia, así que es mejor que des-canses.

–¿Has encontrado algún lugar en el que alojarte durante la sesión?

–Ah, sí. No hay problema.

Su padre no le dio detalles ni Harriet los pidió, pero se quedó pensativa cuando su padre se marchó. Últimamente, después de recuperarse de la ira que le había provocado saber quién era en realidad James Crawford, se había mostrado más conciliador que de costumbre. Esto levantaba las sospechas de Harriet. Si Aubrey se imaginaba que cabía la posibilidad de que ella volviera a vivir con él en River House, estaba muy equivocado.

Capítulo 11

AQUELLA noche, Moira llamó a su hermano lo suficientemente tarde como para que él se alarmara.

–¿Ocurre algo?

–Me temo que sí. Marcus ha tenido que marcharse precipitadamente a Londres porque ha ocurrido algo en su familia. Me llamará más tarde, cuando se entere de qué se trata.

–¿Claudia, como siempre?

–No, por una vez se trata de Lily. Marcus no me ha contado nada. Su madre simplemente le pidió que fuera inmediatamente. Como todo es muy extraño, se marchó enseguida.

–Trata de no preocuparte y llámame cuando tengas noticias.

–Te llamaré mañana. Por cierto, hoy he ido a ver a Harriet.

–¿Cómo está?

–Mejor. Sigue un poco débil, pero ya no le dolía tanto la cabeza. Me pidió que te diera las gracias por las flores.

James apretó los labios.

–¿Has oído lo que te he dicho? –le preguntó Moira.

–Sí. Que Harriet me da las gracias por las flores –repitió sin entusiasmo.

–No, lo siguiente. Le sugerí que le vendrían bien

unas vacaciones y le di la llave de la casa de Pembrokeshire. Se va a marchar mañana para pasar el fin de
semana.

—Eso me sorprende. Si por un milagro Harriet no
fuera a trabajar, sería para marcharse a casa de su hermana y cuidar a su sobrina. Sin embargo, por una vez,
va a hacer algo por sí misma. Sorprendente.

—No seas cínico, James. No sé lo que ocurrió entre
vosotros en el pasado, pero a mí Harriet me cae muy
bien.

«No eres la única», pensó James mientras colgaba
la llamada de su hermana. Sin embargo, no le parecía
que «caer bien» fuera la expresión adecuada para ex-
presar lo que sentía. Lo que había experimentado hacia
Harriet en el pasado, volvía a estar vivo, a pesar de que
ella había roto su vida en pedazos al abandonarlo. Se
prometió que muy pronto descubriría exactamente lo
que le había empujado a hacerlo.

Al día siguiente, Harriet estaba a punto de marcharse cuando su padre se presentó para ayudarla a
cargar las cosas en el coche y para llevarle una caja de
víveres que Margaret le había preparado.

—Vuelve con un poco de color en las mejillas —le
dijo cariñosamente cuando se metió en el coche—.
¿Llevas la medicación por si te vuelve el dolor de cabeza?

Harriet le aseguró que así era y se marchó sintiéndose como un niño al que le perdonan el colegio. El día
fue nuboso y fresco durante la mayor parte del viaje,
pero cuando fue llegando a la zona, el sol salió en toda
su gloria. Parecía que Gales le estaba dando una aco-
gedora bienvenida.

Siguiendo las indicaciones que Moira le había dado, no tardó en llegar a la casita, que parecía colgada del acantilado. Cuando salió del coche, Harriet disfrutó con placer de la vista que se dominaba desde allí. Entonces, fue a abrir la puerta de la casa y, después de inspeccionarla brevemente, sacó las cosas del coche y las colocó antes de bajar a la playa. Tras ponerse crema para el sol y una pamela, cerró la casa y se fue a dar un paseo.

Después de un rato caminando por la maravillosa playa, sintió hambre. Decidió volver a la casa para prepararse algo de comer. Se hizo una ensalada con el jamón asado que Margaret le había preparado y se sentó a la ventana para comérsela. Con la música clásica que había puesto en la radio y la impresionante vista de la playa, comenzó a relajarse y a disfrutar.

Tras dejar un mensaje en el teléfono de su padre, volvió a bajar a la playa para poder disfrutar al máximo del sol. Más tarde, pensó en arreglarse y salir a cenar a un pub que Moira le había recomendado, pero estaba empezando a sentir los efectos del viaje, por lo que optó por quedarse en la casa viendo la televisión.

Aquella noche, durmió mejor de lo que lo había hecho en semanas. Se despertó temprano y fue a la ventana para ver qué tiempo hacía. Se alegró de ver que seguía luciendo el sol. Después de desayunar, llamó a su hermana para ver qué tal estaba Annabel y luego llamó a Moira.

—He llegado bien, el sol está brillando y es una casita preciosa, Moira. Muchas gracias por dejarme venir aquí.

—De nada. Sal al sol y disfruta. Me alegra ver que alguien es feliz.

—Pareces algo triste, Moira.

–Así es. Marcus tuvo que marcharse a Londres porque ocurría algo con su familia y ha regresado con Lily. Está muy triste.

–Pobre Lily. No quiero meterme en lo que no me llaman, pero ¿sabes lo que le ha ocurrido?

–No quiere decir nada. Marcus está desesperado. Los dramas de Claudia no le afectan, pero las lágrimas de Lily lo están destrozando. Por lo que sabemos, tiene que ver con Dominic. Simplemente la estamos apoyando hasta que ella quiera decirnos en qué podemos ayudarla. Sin embargo, ya está bien de mis preocupaciones. Quiero que disfrutes tus vacaciones.

–Lo haré. Te llamaré cuando regrese.

Harriet tomó el coche y se marchó al pueblo a hacer algunas compras. Cuando regresó, hacía mucho calor, por lo que se puso un biquini, se untó bien de crema y se bajó de nuevo a la playa durante un rato. Regresó a la casa para comer y volvió a la playa para aprovechar el buen tiempo. Cuando el calor se hizo insoportable, decidió meterse en el agua para refrescarse un poco. Estaba nadando de regreso a la playa cuando una fuerte ola la cubrió por completo. Tragó un poco de agua y empezó a toser. Entonces, lanzó un grito cuando sintió que un fuerte brazo la agarraba y la levantaba y que una mano le sujetaba la barbilla para que no volviera a hundírsele en el agua.

–¡Quieta! –le ordenó una voz cuando ella empezó a patalear–. Ya no corres peligro, así que relájate y deja que yo me ocupe de todo.

Cuando su rescatador la sacó del agua más profunda, Harriet se puso de pie y se dio la vuelta para mirarle sin gratitud alguna.

–¿Qué demonios estás haciendo aquí, James? Estaba nadando plácidamente hasta que tú has llegado.

James se mesó el húmedo cabello con una mano.

—¡Plácidamente, dices! —exclamó él. La agarró por los hombros y la zarandeó suavemente—. Pensé que te estabas ahogando, mujer. Esta cala tiene una corriente muy fuerte. Pensé que te había atrapado.

—¡No soy tan idiota como para meterme en el agua sin precaución! ¡El único peligró que corrí fue el ataque al corazón que estuvo a punto de darme cuando me agarraste!

James la miró con tristeza mientras recogía el jersey y los zapatos que se había quitado. Los vaqueros húmedos se le moldeaban tan fielmente contra la piel que, después de una mirada, Harriet ocultó el rostro en la toalla.

—Es mejor que subas a la casa para secarte —dijo ella.

Recogió sus cosas y echó a andar hacia la casa seguida de James. Al llegar arriba, él sacó una maleta del coche mientras Harriet abría la puerta.

—No te preocupes. Solo quiero sacar ropa seca —le dijo él al ver cómo lo miraba—. Tengo una reserva en el hotel.

—¿Estás aquí de vacaciones? —preguntó ella con incredulidad mientras sacaba dos toallas de un armario y le daba una a James y se secaba el cabello con la otra—. No es que me importe. Yo no me voy a quedar mucho tiempo. Estoy segura de que podremos mantenernos alejados el uno del otro hasta que yo me marche.

—Menudo recibimiento tan frío para un hombre que ha atravesado toda Inglaterra y Gales a tiempo para evitar que te ahogues.

—Te repito que no me estaba ahogando. ¿Sabe Moira que estás aquí?

—Le dije que podría pasarme por aquí mientras estuviera en la zona, pero, si te opones a mi presencia, me voy ahora mismo.

–No me opongo, James. ¿Has comido?

–No. Vine aquí primero, antes de registrarme en el hotel. Y menos mal. Envejecí años cuando te vi en el agua ahogándote.

–Te he dicho que no me estaba ahogando –replicó ella–. Ahora, lo que los dos tenemos que hacer es secarnos y...

–Tú primera. Date una ducha bien caliente y luego me ducharé yo. Después te llevaré a cenar.

–No voy a ir a cenar –le espetó ella. Con eso, subió las escaleras y dejó a James con el ceño fruncido en el salón.

Se dio una ducha corta en vez del baño que había anhelado y, tras ponerse el albornoz, se asomó al hueco de la escalera.

–¡Todo tuyo! –gritó.

Entonces, se encerró en su dormitorio para vestirse y secarse el cabello. Cuando por fin salió con unos vaqueros y una camisa blanca, el cuarto de baño estaba vacío. Se preparó para otro enfrentamiento y bajó al salón.

James la miró en silencio durante un instante. Vestida así, sin maquillaje, se parecía mucho a la chica por la que él había estado loco hacía diez años. Sintió deseos de arrancarle la ropa. En vez de hacerlo, respiró profundamente y se indicó la ropa que se había puesto. Era la misma que la de ella.

Harriet sonrió. Decidió que James había conducido un largo trayecto y que, aunque su acto de salvamento había sido innecesario, él se había lanzado al mar porque pensaba que Harriet estaba en peligro.

–Tengo vino, si te apetece algo de beber. Podría

también prepararte un té. Yo necesito algo para calentarme.

—No me extraña. El mar tiene un aspecto fantástico, pero el agua está muy fría a pesar del sol. Un té estaría bien, Harriet. Después, te invito a cenar.

—No quiero salir. Deja que prepare yo algo aquí en casa.

—Acepto. ¿Puedo ayudarte?

Resultaba extraño estar pelando patatas mientras que James preparaba unas habas, tanto que, cuando él terminó, le sugirió que fuera a ver la televisión al salón mientras ella terminaba de preparar la cena. Después, se puso a poner la mesa, a cortar pan y a preparar unas fresas, para terminar luego cortando unas lonchas de beicon que había comprado y ponerlas a asar.

Cuando James se reunió con ella, parecía hambriento.

—Huele muy bien.

Harriet sirvió la comida en dos platos y los llevó al salón.

—Esto tiene un aspecto delicioso —comentó él mientras se sentaba—. Como tantas cosas en caros restaurantes que las cenas sencillas como esta son un regalo.

Los dos comieron en silencio. Cuando James terminó, se reclinó sobre la silla y observó cómo Harriet terminaba su cena.

—No se lo dije a Moira.

—¿El qué? —preguntó Harriet—. Sabe que ya nos conocemos de antes.

—Pero no que fuiste tú la mujer que acabaste con mis ilusiones adolescentes. No es que no te lo agradezca. Al contrario. Tu rechazo me animó a buscar el éxito en la vida.

Harriet recogió los platos y se levantó.

—¿Te apetecen unas fresas?

—¿Te cuento lo que siento y lo único que se te ocurre es hablar de fresas?

—Yo no puedo reescribir el pasado, James. Evidentemente, alquilar River House no fue suficiente venganza para ti. ¿Has venido hasta aquí solo para recriminarme más cosas?

James se puso de pie. Estaba muy enojado.

—No. He venido hasta aquí para disfrutar de tu compañía durante un rato en terreno neutral y para que podamos hablar como dos personas civilizadas. Sin embargo, resulta evidente que me he comportado como un idiota. Otra vez.

Harriet se llevó los platos a la cocina. James no tardó en seguirla.

—Ahora, dime la verdad, James. ¿Por qué estás aquí?

—Me pareció una buena oportunidad. Estaba seguro de que, si pasábamos un tiempo solos, sin ser interrumpidos, me dirías la verdad por fin. Durante años, pensé que no te importaba nada. Entonces, vuelvo a encontrarme contigo y me encuentro que era vital comprender lo que te había hecho cambiar tanto hasta convertirte en la mujer profesional y fría que vi en ese despacho.

—La vida me ha hecho cambiar, James, igual que te ha hecho cambiar a ti. ¿No podemos dejarlo estar? Siento mucho el modo en el que todo terminó entre nosotros hace diez años, pero no puedo seguir disculpándome. Es hora de mirar hacia delante. Si te parece que has venido hasta aquí para nada, siento haberte desilusionado —dijo ella al ver que James no respondía—. Ahora, sugiero que te vayas a tu hotel y me dejes meterme en la cama.

James la miró en silencio durante un rato.

—No quiero que te quedes aquí sola, Harriet. Vete a la cama. Yo me quedaré en el sofá.

—No seas ridículo. No dormiríamos ninguno de los dos.

—Posiblemente no, pero al menos estaría aquí si tú me necesitaras.

—¿Y por qué iba a necesitarte? Te ruego que te vayas.

—Si eso es lo que quieres, lo haré, pero aún no —dijo él—. Después de venir hasta aquí, creo que al menos podemos hablar durante un rato. Te prepararé un poco de té o lo que quieras.

—No hace falta. Lo haré yo —repuso ella resignada.

—No. Sé dónde está todo porque Marcus me deja a mí también la llave. No tardaré.

Harriet regresó al salón y se acomodó en el sofá. James no tardó en regresar con una bandeja.

—Antes te gustaba fuerte con una nube de leche —le dijo mientras le entregaba una taza.

—Así sigue siendo. Gracias —replicó Harriet con una sonrisa. En secreto le gustaba que él aún lo recordara.

—Yo me he preparado un café para mantenerme despierto de camino al hotel. Así vestida y con el cabello suelto, pareces muy joven, Harriet —añadió él tras mirarla en silencio durante un instante.

—No soy una vieja. Tengo veintinueve años.

—Sé exactamente los años que tienes. Por cierto, ¿pensaste que fue el altruismo lo que me llevó a casa de tu hermana el domingo pasado?

—¿No lo fue?

—No. Había estado hablando con Sophie durante el almuerzo. Ella se mostró muy generosa con sus detalles personales. Me enteré de que tú eras su hermana y que estabas cuidado de su hija. Cuando después de llevarlos a casa me invitaron a tomar una copa, no me lo pensé dos veces. Sin embargo, tú estabas demasiado absorta con tu sobrina como para prestarme atención.

—¿Estás diciéndome que llevaste a Sophie y a Gervase a casa solo para verme?

—Creo que lo habría hecho de todos modos, pero la perspectiva de verte fue mi motivación principal. ¿Tan difícil te resulta creerlo?

—Sí. Pensaba que aún seguías odiándome.

—Lo hice una vez, pero no te voy a hacer creer que me pasé todos esos años pensando en maneras de vengarme de ti o pensando en ti todo el tiempo. De hecho, hasta que Marcus compró la casa en Wood End, había estado demasiado ocupado con mi empresa como para pensar en el pasado.

—Cuando averiguaste que podías alquilar River House debió de parecerte tu día de suerte.

—Ciertamente fue la cura perfecta para el insoportable dolor que yo había mantenido guardado todos esos años.

—Y ahora estás satisfecho. Sin embargo, creo que te ha salido el tiro por la culata, James. Yo también estoy satisfecha.

James la miró en silencio durante unos instantes.

—Bueno, ahora quiero que me digas la verdad por fin. Dime lo que ocurrió realmente hace diez años. Estabas muy contenta ante la perspectiva de alquilar una casa juntos y, de repente, me dicen que me trasladan en mi trabajo y tú me dices que hemos terminado. Me puse tan furioso que tardé mucho tiempo en darme cuenta de que, ese día, tú también estabas triste. Dime la verdad, Harriet. A tu padre no le gustó nuestro plan, ¿verdad?

—No.

–Y tú no tuviste el valor suficiente para desafiarle y escaparte conmigo.

–No.

–Ahora que sabe quién soy, tu padre se muestra bastante hostil conmigo.

–¡No es de extrañar! Mi padre dio por sentado que tú y yo nos estábamos riendo de él a sus espaldas la noche de la fiesta hasta que yo le dije que seguías odiándome a mí también. Y sigues odiándome.

La sonrisa de James le puso el vello de la nuca de punta.

–Harriet, lo que estoy sintiendo en estos momentos no tiene nada que ver con la hostilidad –dijo mientras se sentaba y se acercaba un poco más a ella–. Me lo debes.

–¿El qué exactamente? –replicó Harriet apartándose de él.

–Esta tarde te salvé la vida –dijo James. La mirada que se reflejó en sus ojos hizo que saltaran las campanas de alarma para Harriet.

–Yo no estaba en peligro.

James la tomó entre sus brazos y se la sentó en el regazo.

–Lo que cuenta es la intención, por lo que me merezco al menos un beso.

Harriet se preguntó si él podría escuchar cómo le latía el corazón en el pecho. Puso expresión de mártir y levantó la boca.

–Está bien.

–Parece que estás haciendo un sacrificio supremo –comentó él, riendo a carcajadas–. ¿Tan repugnante te parece besarme, Harriet?

–No...

Se sobresaltó al sentir la boca de James sobre la suya. Él la abrazó con fuera y a ella no le quedó más remedio que rendirse. Abrió los labios para acoger la lengua que los acariciaba y dejó que él la besara tal y como lo había hecho diez años atrás. Todo estaba volviendo a ocurrir. El simple contacto de los labios de James la enardecía, pero cuando él comenzó a desabrocharle los botones de la camisa, Harriet lo apartó con fuerza.

—¿Más venganza? —le preguntó muy enfadada.

—Voy a llevarte a la cama.

Lo dijo de un modo que impedía toda discusión. El hecho de irse por fin a la cama con James resolvería muchos de los problemas de Harriet. Dejó de pensar cuando él volvió a besarla con una pasión que hacía que todo desapareciera.

—Quiero esto mucho más que cualquier venganza —musitó él.

—En ese caso, vayamos a la cama.

—He esperado diez largos años para escucharte decir eso. Vamos —susurró. Se levantó tomándola en brazos al mismo tiempo y se dirigió a las escaleras. Al llegar al dormitorio, la colocó encima de la cama—. La próxima vez subirás andando.

—¡Qué bonito! —exclamó ella mientras James le quitaba la ropa y la dejaba sobre el suelo.

A continuación, se desnudó él también y se acostó junto a ella. La miraba con el deseo dibujado en los ojos, lentamente. Entonces, le tocó suavemente la ropa interior.

—Es muy bonita, pero quítatela.

—Si quieres que me la quite, quítamela tú —replicó ella.

James se echó a reír y obedeció inmediatamente sus órdenes. Entonces, se tumbó junto a ella.

—Por fin —susurró él al sentir la piel de Harriet contra la suya—. Hace diez años no me habría atrevido a desnudarte porque tú querías esperar hasta que estuviéramos viviendo juntos, pero te aseguro que quise hacerlo desde el primer momento que te vi.

—No hablemos del pasado. Estamos en el presente, James. Hazme el amor...

James la besó durante un largo tiempo antes de pasar a besar cada centímetro de su piel. Ella gemía de placer, disfrutando cada instante. Entonces, James se tumbó encima de ella y la poseyó, empujándola salvaje y desinhibidamente hasta el orgasmo.

Después, Harriet pensó que él iba a apartarse, pero James permaneció abrazado a ella, como si no pudiera soportar apartarse de su lado. Minutos después, cuando él seguía aún dentro de ella, Harriet notó que él volvía a tener una erección y que empezaba de nuevo a hacerle el amor. Aquella segunda vez, fue más lenta, más tierna, tanto que ella lloró cuando terminó. James le lamió las lágrimas y le acarició el cabello para apartárselo de la frente.

—¿Estás llorando de alegría o porque se me da muy bien esto? —bromeó él.

Harriet se echó a reír mientras él se apartaba y se la llevaba consigo para colocarla sobre su torso.

—¡Eh! ¿Y el hotel?

—Te mentí sobre eso.

—¿Y si yo no te hubiera dejado que te quedaras?

—Tenía dos opciones. La A era golpear la puerta hasta que me dejaras entrar y la B era dormir en el coche. Sin embargo, no me dijiste que me marchara. ¿Por qué?

–Porque estaba nerviosa por quedarme aquí sola.

–Sí, claro –replicó él–. Venga, duérmete.

Cuando Harriet se despertó, ya era de día. Giró la cabeza con cuidado y vio que unos hermosos ojos la estaban observando, como monedas de oro a la luz del sol.

–Hola –dijo James.

–Buenos días –respondió ella. Entonces, trató de levantarse.

–Todavía no...

James la estrechó contra su cuerpo y la besó apasionadamente. La pasión de aquel beso la excitó profundamente y los dos volvieron a ser uno. Después, permanecieron en silencio, abrazados, durante un rato.

–Ahora que te tengo a mi merced, es la hora de la confesión, Harriet. Dime la verdad. Sé que tu padre no estaba de acuerdo, pero tú deseabas tanto estar conmigo que me extraña que dejaras que eso nos separara. Cuéntame. Dime lo que ocurrió hace diez años.

Harriet se sentó en la cama. Tenía una amarga sonrisa en los labios.

–Entonces, este era el plan C. Tu modo de persuasión para sacarme por fin la verdad –exclamó. Entonces, se levantó de la cama y se puso la bata. Se sentía fatal por haber creído que él deseaba tanto hacerle el amor que había ido hasta allí para estar con ella, cuando había sido solo una maniobra para conseguir sus propósitos.

James se puso los vaqueros y se dirigió hacia ella. La mirada que tenía en los ojos disgustó profundamente a Harriet.

–Para que conste, Harriet, no me pareció que tuviera que persuadirte mucho.

El rostro de Harriet se ruborizó de ira. Entonces, se metió en el cuarto de baño y cerró la puerta. Allí, comenzó a asearse y tardó todo lo que pudo en el proceso. Cuando por fin abrió la puerta, se cruzó con James en el rellano sin decir palabra y se dirigió al dormitorio para vestirse. Entonces, bajó rápidamente a la cocina. Cuando James se reunió con ella, no le dio tiempo siquiera de hablar.

—Me gustaría que te marcharas ahora mismo, por favor.

—No sin que antes me digas la verdad.

Durante un instante, Harriet deseó hacerlo. Después de todo, en realidad ya no importaba nada. Sin embargo, sentía que había sido una estúpida. Hacer el amor con James por fin siempre había sido tan gozoso como había imaginado, pero, para él, simplemente había sido un arma de persuasión.

—¿Para eso ejerciste tu considerable talento sexual? —replicó ella—. ¿O acaso fue acostarte conmigo el toque final de tu venganza?

—Eso no es cierto. Si es así como piensas ahora, ya no importa por qué me dejaste entonces. En realidad, me alegro de que lo hicieras.

Con eso, se dirigió hacia la puerta y se marchó.

El orgullo hizo que Harriet se quedara en la casita hasta el lunes. Al menos, el tiempo era bueno. Aprovechó el tiempo todo lo que pudo, lo que le hizo sentirse muy contenta consigo misma. No iba a dejar que el recuerdo de un hombre la derrotara. Ya lo había hecho antes, y por el mismo hombre. Sin embargo, la última vez se había sentido desesperada porque se había visto obligada a hacerle daño a James. En esta ocasión, era ella a la que habían hecho daño y eso dolía mucho.

El teléfono evitó que se sintiera sola. Moira llamó para decirle que Dominic había ido a ver a Lily. Su padre y Miriam llamaron para ver cuándo iban a volver y Julia para recordarle lo de la sesión de fotos. Charlotte le confirmó las fechas para la grabación de la serie en River House, del programa de cocina y de la empresa de colchones. Harriet llamó a Lydia para decir que volvería a trabajar el martes y a Sophie para ver cómo estaba Annabel. De James, solo obtuvo silencio.

Antes de marcharse de la casita, la limpió perfectamente para que la señora Pugh no tuviera quejas de ella. Le contó lo que había hecho a Moira cuando esta la llamó para informarle de que Lily se había marchado a Londres con Dominic. El problema había sido que Lily creía que estaba embarazada. Todo había sido una falsa alarma.

—Además, Dominic le ha pedido que se case con él —comentó Moira—. Por cierto, James estuvo a punto de arrancarme la cabeza cuando le pregunté cómo te lo estabas pasando en Gales. ¿Acaso tuvisteis los dos alguna pelea?

—No —mintió Harriet. Entonces, desvió la conversación preguntándole a Moira cuándo podían quedar para almorzar.

El lunes, cuando Harriet se levantó, estaba lloviendo. Después de desayunar, metió todas sus cosas en el coche y se dispuso a marcharse. Cuando trató de arrancar el coche, no lo consiguió. Lo intentó una y otra vez sin resultado. Entonces, mientras maldecía al mecánico que se suponía que había puesto a punto su coche, llamó al taller del pueblo más cercano. Le prometieron ayuda inmediata. Pocos minutos después, llegó una furgoneta con un mecánico. El joven no tardó en diagnosticar el problema.

—Es el motor de arranque. Va a necesitar uno nuevo, señorita. Tengo que pedirlo y podría tardar dos días en recibirlo.

—¿Puedo dejar el coche aquí? Regresaré el fin de semana para recogerlo. ¿Me podría dar información sobre los trenes? Tengo que llegar a mi casa hoy mismo.

El mecánico se ofreció a llevarla a la estación de tren. Una vez allí, Harriet recibió una llamada de Moira y la primera aprovechó para contarle lo que le pasaba. Moira insistió en ir a recogerla a la estación de Shrewsbury para que no tuviera que tomar un taxi.

Para consternación de Harriet, era James quien la estaba esperando.

—Mi hermana te manda sus disculpas, pero ha tenido un problema con las tuberías de su casa y hoy Marcus no está —le informó mientras le tomaba el equipaje.

—No debería haberte pedido precisamente a ti que vinieras a buscarme —repuso Harriet—. Le dije que podía tomar un taxi.

—Yo tenía cosas que hacer por aquí. No es problema.

—Te lo agradezco mucho —dijo Harriet.

—No tienes por qué —replicó James mientras guardaba las maletas en el coche—. ¿Cómo estás?

—Bien, gracias.

Cuando entraron en el coche, los dos quedaron en silencio. Harriet dio gracias por las gafas de sol y se puso a mirar por la ventana.

—¿Te has enterado de lo de Lily?

—Sí.

—Se me ocurrió pensar que podrías tener una preocupación similar después de la noche que pasamos juntos.

—No será así —dijo, esperando que fuera así. No habían tomado medidas.

–Bien –replicó él, muy tenso.

El resto del viaje se realizó en silencio. Le pareció que pasaban horas antes de que James tomara el desvío a River House.

–Muchas gracias –le dijo mientras James sacaba sus bolsas del coche–. Estoy segura de que tienes mucha prisa, así que no te pediré que entres.

–No seas tonta. Creo que tras haberte recogido del tren, puedo tomarme un instante para ayudarte a meter tus cosas en casa.

Harriet abrió la puerta de la casa con rostro impertérrito y entró.

–Gracias –repitió en cuanto James entró.

–Deja que te las suba a tu dormitorio.

–No. Las desharé aquí. Es mucho más fácil para poner la lavadora.

–Bien –afirmó él tras dejarlas en el suelo–. En ese caso, me marcho.

–Adiós y gracias por ir a buscarme.

–Antes de que me vaya, dejemos algo claro. Me educaron para cumplir con mis obligaciones. Por lo tanto, si descubres que te he dejado embarazada, cumpliré con mi deber.

Harriet lo miró sin saber qué decir.

–Es muy noble de tu parte, pero aunque ocurriera algo tan poco probable, no será necesario que cumplas con ningún deber.

James la observó con tanta frialdad que ella tuvo que esforzarse para mantener el control.

–¿Porque sigo sin ser socialmente aceptable para ti?

Harriet perdió los nervios.

–¡Por el amor de Dios! ¡Déjame de esas tonterías, James! Lo que quería decir era que, en el caso poco probable de que me case con alguien, no será porque ese alguien se vea forzado a cumplir con su deber.

—¿Y quién ha dicho nada de casarse? –le espetó él. Con eso, salió de la casa y se marchó a toda velocidad en su Aston Martin.

Capítulo 12

ENRABIETADA por la reacción de James, Harriet estaba demasiado enojada para ir a la casa principal a ver a su padre, por lo que se puso a deshacer las maletas y a meter la mayoría de su ropa en la lavadora. La ropa interior que James le había quitado terminó en la basura.

Después, se dio una ducha rápida, se maquilló, se peinó y fue al garaje. Al ver que el coche de su padre seguía allí, entró en la casa principal a través de la puerta trasera.

–Hola, ¿hay alguien en casa?

Aubrey entró en la cocina, muy bien vestido como era habitual en él.

–¡Harriet! ¡Qué buen aspecto tienes! Evidentemente, has disfrutado de tus vacaciones.

–Así es.

–Genial. Ven al salón. Ahora que estás aquí, hay alguien a quien me gustaría que conocieras.

Al entrar en el salón, Harriet sonrió cortésmente a la mujer que se levantó del sofá al verla. Era alta, elegante y muy guapa.

–Harriet –dijo Aubrey–. Me gustaría presentarte a Madeleine Fox.

¡Aquella era la señora Fox! Harriet extendió la mano muy educadamente.

–Encantada de conocerla.

–Me alegro de conocerte por fin. Aubrey me ha hablado mucho de ti.

–¿Vive usted por aquí?

–Me mudé hace unos meses. Aubrey ha sido muy amable y me ha hecho sentir bienvenida en el club de golf. Tienes una casa muy hermosa.

–Sí, pero es una gran responsabilidad.

–La mía también lo es. La he heredado. Mis hijos preferirían que viviera en algo más moderno, pero los dos trabajan en Londres y yo vivo aquí sola.

Es decir, no había señor Fox.

–¿Cuándo va a venir Julia exactamente, Harriet? –le preguntó Aubrey.

–El domingo. Empezarán con la sesión el lunes. ¿Ya tienes algún lugar en el que alojarte?

–Madeleine se ha ofrecido. He pensado que podríamos hacer que bajara Sophie el domingo y así poder comer todos juntos. He hablado con Margaret y ella preparará la comida.

–¿Quieres que llame yo a Sophie?

–No. Ya lo he hecho yo.

–En ese caso, me marcho a dormir. Buenas noches.

–Me ha encantado conocerte, Harriet –dijo Madeleine Fox–. Nos vemos el domingo.

La señora Fox iba a unirse a la fiesta. Harriet regresó a su casa muy pensativa. Su padre llevaba viudo mucho tiempo, pero nunca había llevado a una mujer a la casa. Madeleine Fox era la primera que pisaba River House. ¿Significaba eso que Aubrey iba a vivir con ella en River House? Si eso ocurría, Harriet abandonaría la casa del guardés para irse a vivir a la ciudad.

Después de cenar, se metió en la cama, pero no pudo dormir, tal y como había esperado.

Al día siguiente, Nick la llamó a su despacho.

–Solo quería saber si ya habías regresado –le dijo–. ¿Te encuentras mejor?

–Sí, gracias. Me ha venido muy bien pasar unos días junto al mar.

–¿Estás libre para salir a cenar esta noche?

–Sí.

–Hagamos algo diferente. Si aparcas detrás de mi despacho, te recogeré allí. ¿A las siete y media?

–Bien.

Harriet se puso a trabajar sintiéndose mucho mejor. Cuando se marchó a casa, decidió vestirse con unos pantalones de lino blanco y un jersey beis para destacar su bronceado y se soltó el cabello. Cuando llegó al lugar en el que habían quedado, vio que Nick ya la estaba esperando.

–Estás muy guapa –dijo él tras darle un beso en la mejilla–. Deberías llevar siempre el cabello suelto.

Harriet sonrió.

–¿Adónde vamos?

–Era demasiado tarde para hacer una reserva en ningún sitio, por lo que he pedido que me lleven la cena a casa. Pensé que estaría bien cenar tranquilos en mi casa.

El piso de Nick era amplio, con enormes ventanales que daban al centro de la ciudad. El risotto que tomaron para cenar estaba muy bueno, al igual que el inevitable tiramisú de postre. Mientras que Harriet tomó un zumo de pomelo, Nick disfrutó de un carísimo vino.

Cuando regresó al salón con la bandeja del café, Nick le preguntó:

–Dime, ¿son ciertos los rumores?

–¿Rumores?

–He oído por ahí que tu padre se va a volver a casar. Ha estado saliendo mucho con Madeleine Fox. ¿Es cierto?

–Estoy segura de que pronto te enterarás si lo es.

–Supongo que, si se casan, se mudarán a la maravillosa casa que ella tiene, por supuesto. Y tú te quedarás sola –dijo. Entonces, se acercó más a ella–. No tiene por qué ser así. Estaría encantado en hacerte compañía en River House.

–¿Qué quieres decir exactamente?

–Bueno, nosotros también hemos estado saliendo juntos muchas veces, por lo que creo que nos deberíamos casar lo antes posible. Mi madre siempre me está diciendo que ya va siendo hora de que me case, y tú eres la candidata perfecta, Harriet. Eres inteligente, atractiva y nos llevamos bien –añadió mientras la tomaba entre sus brazos–. Además, estoy seguro de que seríamos dinamita en la cama –añadió.

Comenzó a manosearla mientras la besaba, pero, cuando le metió la lengua en la boca, Harriet lo apartó.

–Creo que es mejor que me vaya a casa, Nick.

–Esta noche había esperado que te quedaras aquí.

–Sí, ya me lo había imaginado. Lo siento, Nick.

–Al menos, antes de marcharte, me podrías decir qué es lo que piensas de mi proposición.

–Dime una cosa primero, Nick –dijo ella mientras lo miraba a los ojos–. Si mi casa fuera un piso aquí en la ciudad en vez de River House, ¿sentirías el mismo entusiasmo hacia mí?

–Eso que acabas de decir no es nada agradable, Harriet.

–No me has respondido. Te hiciste con el trabajo de mi padre y ahora que has oído que se va a casar, has pensado que también podrás ocupar su lugar en River House. El único modo de hacerlo es casándote conmigo.

–¿Y por qué no? –respondió él con altivez–. Podrías tener candidatos mucho peores que yo, Harriet. Hay muchas mujeres aquí en la ciudad que se casarían conmigo sin pensárselo si yo se lo pidiera.

–En ese caso, cásate con una de ellas –le espetó ella mientras tomaba su bolso–. Me temo que la respuesta es no, pero gracias por pedírmelo... y por la cena. Buenas noches.

Mientras regresaba a casa, Harriet pensó si debía ir a ver a su padre para preguntarle si los rumores eran ciertos, pero prefirió irse directamente a su casa. La velada había sido ya suficientemente desconcertante.

Harriet no tuvo más noticias de James aparte de lo que le contaba Moira. Según ella, estaba tan ocupado con la expansión de su empresa que ni siquiera podía ir a visitarla.

En cuanto a la comida del domingo con su padre, hermanas y Madeleine Fox, esta pasó con un éxito razonable, principalmente porque Harriet avisó a sus hermanas de que su padre había invitado a una amiga.

La conversación después de la comida resultó agradable, pero en el momento en el que Aubrey se marchó con Madeleine para llevarla a casa, Sophie se abalanzó sobre Harriet.

–¿Cuánto tiempo lleva viendo a la señora Fox?

–No sé. Yo acabo de conocerla. Lo único que sé es que tienen el golf en común.

–Hay mucho más que eso –comentó Julia–. Papá está enamorado de esa mujer.

–¿Enamorado? –repitió Sophie horrorizada.

–¿Y por qué no? –preguntó Gervase–. Vuestro padre sigue siendo un hombre relativamente joven y la señora Fox es muy atractiva.

–Espero que no quiera traerla aquí a vivir –observó Sophie.

–No creo que ella quiera moverse de su casa –sugirió Sophie.

–Bueno, ¿quiere alguien té? –preguntó Harriet.

–Nosotros tenemos que marcharnos –respondió Gervase–. Tenemos que cuidar a Pilar ahora que sabemos lo que es la vida sin ella.

–Sí, pero no te olvides de mantenerme informada sobre esa mujer, Harriet –dijo Sophie.

Cuando Julia y Harriet se quedaron solas, la primera quiso saber más detalles sobre la fiesta.

–Venga, Cenicienta. ¿Fue un éxito el vestido?

–Sí –contestó ella riendo–. Aunque yo no habría elegido algo así para mí.

–Eso ya lo sé. ¿Quién alquiló la casa?

–James Crawford, presidente de Live Wires Group, también conocido por ser el inadecuado objeto de mi pasión adolescente –dijo. Julia se quedó boquiabierta–. Seguramente papá ahora se arrepiente de haberme hecho dejar a James dado que ahora es tan rico...

Cuando Aubrey regresó, Harriet se despidió de su padre y de su hermana Julia, que iba a pasar la noche en la casa, dado que al día siguiente tenían la sesión con las modelos. Acababa de entrar en su casa cuando sonó su teléfono. Era James.

–¿Cómo estás?

–Mejor, gracias.

–No estaba hablando de tu migraña.

–Estoy bien en todos los sentidos.

–¿No voy a ser padre después de todo?

–No de un hijo mío.

–¿Es eso cierto, Harriet?

–Sí –respondió ella cruzando los dedos.

—Si estuviera contigo, lo sabría. Jamás se te dio bien mentir.

—¿Y por qué iba a mentir yo sobre algo como esto?

—Si estuvieras esperando un hijo mío, tu padre te obligaría a casarte conmigo ahora que mi dinero me convierte en una persona adecuada para ti.

Harriet cortó la llamada. Consiguió dejar el teléfono sobre una mesa en vez de arrojarlo contra la pared.

Los siguientes días fueron tan atareados que no hubo tiempo para ocuparse de problemas personales. Después de alquilar un coche para poder ir a trabajar, Harriet ayudaba a Julia a supervisar que nada se dañaba en River House durante la sesión fotográfica. Todo salió perfectamente. Cuando terminó todo, Charlotte entregó el cheque, menos su comisión, Julia se marchó a Londres y Aubrey retrasó su regreso a casa hasta que Margaret y Harriet la hubieran puesto en orden.

Capítulo 13

CUANDO un equipo de televisión se trasladó a River House para filmar un par de escenas para una serie de televisión muy popular, Aubrey se marchó de nuevo a la casa de Madeleine antes de que el equipo invadiera la casa. A Harriet no le quedó más remedio que tomarse unos días libres para mantener la presencia familiar en la casa. Cuando la grabación estaba a punto de terminar, Sophie la llamó para preguntarle qué tal estaba yendo todo. Antes de finalizar la conversación, Sophie le dijo que había invitado a unos amigos a cenar el sábado y que quería que Harriet asistiera también.

–No me digas que no. Te sentirás muy sola cuando todos se vayan. Haz el esfuerzo. Te prometo que te gustará la gente que he invitado.

Sophie tenía razón. Cuando los del equipo de televisión se marcharon, el silencio era tan intenso que Harriet se alegró de poder disfrutar de una velada lejos de River House. El tiempo era tan caluroso que decidió irse a comprar algo de ropa a la ciudad.

El sábado, se puso el vestido color rosa palo. Este era muy recatado por delante, pero tenía un profundo escote por detrás. Llevaba una chaqueta a juego y los zapatos color beis que se había puesto para la fiesta de James.

–Dios, Harriet, estás guapísima –exclamó Gervase al verla.

Harriet sonrió y saludó a su hermana, que apareció con un vestido color jade.

–Hola, Gervase. Hola Sophie.

–¡Es nuevo! –exclamó su hermana al ver el vestido–. Es precioso.

Harriet extendió los brazos para saludar a Annabel, que ya tenía puesto el camisón. La niña iba acompañada de Pilar. Después de darle una beso a la pequeña, Harriet se la devolvió a Pilar para que esta se la llevara a la cama. Sin embargo, le prometió a la niña que le leería un cuento cuando estuviera lista para dormir.

A continuación, siguió a Sophie y a Gervase al jardín y aceptó un cóctel para poder tomárselo durante las presentaciones.

–Soy Philip Mountford –le dijo uno de los invitados–. ¿Quién eres, a qué te dedicas y por qué no te he visto antes?

Harriet se echó a reír. El hombre era muy guapo, muy consciente de ello y no muy del gusto de Harriet.

–Me llamo Harriet Wilde. Soy hermana de Sophie, soy contable y no vivo en Pennington.

–Harriet, deja que te llene la copa de nuevo –le dijo Gervase.

–No, gracias. Esto es más que suficiente. Recuerda que tengo un largo trayecto a casa.

–¡Quédate a dormir esta noche! A Annabel le encantaría.

Por primera vez, al pensar en lo sola que estaría en River House, Harriet se sintió tentada.

En aquel momento, Gervase y Sophie se marcharon a abrir la puerta al último de los invitados. Sophie no tardó en salir con el recién llegado al jardín.

–Te presentaré a todo el mundo más tarde, James. Ya conoces a Harriet, así que te dejo en sus manos.

La elegancia de James contrastaba profundamente con el llamativo atractivo de Philip Mountford. El corazón de Harriet comenzó a latir con fuerza cuando él le dedicó una sonrisa.

—Estás muy guapa esta noche, Harriet. Me han pedido que te dé un mensaje. Annabel está preparada para su cuento.

Sophie se acercó rápidamente a ella para interceptarla.

—Yo se lo leeré, Harriet. Tú quédate a hablar con James.

—No. Se lo prometí. Hasta luego, James —le dijo mientras se marchaba en dirección a la escalera, esperando que su imagen posterior valiera el dinero que había pagado por el vestido.

—Solo un cuento, Harriet. La cena ya está casi lista —le pidió Sophie.

Cuando terminó de leer el cuento a la niña y le deseó buenas noches, salió de la habitación y vio que James la estaba esperando al pie de la escalera.

—Por si se te hubiera olvidado dónde está, se me ha ordenado que te lleve al comedor —le informó.

Harriet sonrió.

—No sabía que ibas a venir esta noche —comentó.

—Ya lo sé. Si no, no estarías aquí.

Cuando entraron en el comedor, Sophie les indicó que se sentaran. Entonces, se acercó a Harriet y le susurró al oído:

—Te he puesto entre James y Philip. Que te diviertas.

Como la mayoría de los invitados se conocían bien, la conversación era fluida y entretenida. Harriet descubrió que se estaba divirtiendo más de lo esperado. El placer agridulce de estar sentada junto a James se veía estropeado tan solo por la proximidad de Philip, que parecía decidido a monopolizar a Harriet durante toda la cena.

–¿Le meto un dedo en el ojo? –le susurró James. Cuando ella contuvo una carcajada, sonrió.

–Si todo lo demás falla, la pisaré con un tacón –murmuró ella–. El cangrejo está delicioso.

–Como tú –le susurró James.

Harriet lo contempló boquiabierta. Cuando terminaron de cenar, se dispusieron a salir al jardín para tomar café. James le agarró el brazo con firmeza a Harriet.

–Así le dejo claro a ese patán que no estás disponible –susurró–. En realidad, no puedo culparle. Esta noche estás bellísima.

–Gracias.

–¿Volvemos a ser amigos?

–Por supuesto –suspiró ella–, pero, por muy agradable que sea todo esto, debo marcharme pronto.

–Si tu padre no está en casa, te seguiré en mi coche.

–Eso significaría que tienes que conducir mucho tiempo para poder regresar aquí.

–Ya lo he hecho antes.

–Es muy amable de tu parte, pero yo no quiero que te molestes tanto por mí. Estaré bien sola.

–Por supuesto –replicó él con dureza.

Entonces, para desesperación de Harriet, se dio la vuelta y se puso a hablar con otra persona. En ese momento, la fiesta terminó para Harriet. Con el largo trayecto a casa como excusa, anunció que se marchaba. Sophie le agarró la mano con urgencia cuando se despedía de ella.

–¿Está papá de nuevo en la casa de la señora Fox?

–Sí, ya lo sabes.

–¿Crees que se van a casar?

—No lo sé, Sophie.

—Tú también deberías casarte, tanto si papá lo hace como si no —dijo. Entonces, sorprendió a Sophie con un cariñoso abrazo—. Me alegro de que hayas venido esta noche.

Harriet no había conducido mucho tiempo cuando empezó a lamentar que James no la hubiera acompañado. Estalló una tormenta muy fuerte y comenzó a llover copiosamente, lo que provocó que el viaje progresara muy lentamente. Suspiró aliviada cuando por fin entró en el camino privado que conducía a la casa. Cuando salió del coche, el viento era muy fuerte. Ella trató de meter rápidamente la llave en la cerradura sin conseguirlo. De repente, sintió que se le helaba la sangre en las venas cuando escuchó pasos.

—¿Harriet?

Ella suspiró aliviada al ver que se trataba de su padre.

—Dios, me has asustado. Pensaba que estabas con la señora Fox.

—Lo estaba, pero le pedí a Sophie que me llamara para decirme cuándo te marchabas de la fiesta. ¿Puedo entrar o prefieres venir a la casa?

—Entra. ¿Ocurre algo?

Su padre dejó el paraguas en el porche y entró en el salón. Estaba muy serio.

—Sé que es muy tarde, pero tenía que hablar contigo. Iré directamente al grano. He venido a pedirte tu bendición, Harriet.

—¿Bendición?

—Sí. Madeleine y yo nos vamos a casar. De hecho, bastante pronto. A nuestra edad, no hay razón para tomarse las cosas con calma.

—Enhorabuena —dijo Harriet consiguiendo esbozar una sonrisa—. ¿Cuáles son tus planes exactamente?

–Viviremos en la casa de Madeleine, por lo que te puedes quedar River House para ti sola ahora que por fin has encontrado la manera de financiarla.

–Eso no es factible, papá. Mientras estaban aquí los de la serie, utilicé parte de mis vacaciones anuales para vigilarlo todo, pero no puedo seguir haciendo eso. Tampoco puedo depender de que la casa proporcione suficientes ingresos si dejo mi trabajo. Creo que solo nos queda una solución, papá. A Julia y a Sophie no les gustará, pero tendrás que venderla.

Para sorpresa de Harriet, su padre pareció aliviado.

–Estaba esperando que me dijeras eso. Tu madre se sentiría destrozada si viera que estabas dedicando tu vida a River House. Necesitas un marido, hijos y una casa propia más fácil de llevar.

–Si no se te ha olvidado, hace tiempo quise hacer eso precisamente –le espetó ella.

–Por aquel entonces, me pareció que era tan solo un romance juvenil que terminaría falleciendo de muerte natural. Sin embargo, lo único que falleció fue tu relación conmigo, algo que lamento profundamente. ¿Sigues sintiendo algo por él?

–No había pensado en él en años... Hasta que apareció para alquilar nuestra casa.

–Entonces, ¿por qué diablos no te buscaste a otro hombre? Podrías haber tenido a cualquiera y, en vez de eso, canalizaste todas tus energías en tu trabajo y en la casa.

–En realidad, ya había decidido que iba siendo hora de dejarte a ti todo lo referente al funcionamiento de River House después de que esto del alquiler empezara con tan buen pie. Sin embargo, si te vas a ir a vivir con la señora Fox, es mejor que vendas la casa lo más pronto posible –susurró, muy triste–. Para que el golpe no sea tan grande, ¿tratarás de encontrar un comprador que quiera la casa tal cual es? No me gustaría ver que la convierten en pisos o en una residencia de ancianos.

—De hecho, ya he tomado algunas medidas al respeto. Cuando estabas en Gales, hice que Hugh Ames, de la inmobiliaria Combe, viniera a valorar la casa.

Entonces, Aubrey le dio a Harriet una cifra que la dejó sin aliento.

—Es algo optimista. No creo que en la presente situación se pueda obtener esa cantidad de dinero.

—Eso es lo que yo había pensado, pero Hugh me ha llamado para decirme que un cliente se ha enterado de la venta y que está dispuesto a pagar ese precio.

—¡Dios santo! —exclamó ella, asombrada—. En ese caso, debe de ser alguien de por aquí. ¿A quién conoces que tenga esa cantidad de dinero?

—No te enfades conmigo, pero me temo que se trata de James Crawford. No me mires así. No he aceptado la oferta. A mí me gusta la idea tan poco como a ti. Si no quieres que viva aquí, lo rechazaré inmediatamente.

—Por fin se ha podido vengar de nosotros como quería —susurró ella. Se sentía tan débil que tuvo que sentarse.

—Eso parece. Y es muy injusto para ti. Después de todo, el culpable fui yo.

—Ahora nada de eso importa —dijo Harriet tristemente—. James se va a reír el último. Le deseo buena suerte. Véndele la casa, papá. No me gustaría que ninguna persona que no fuera de la familia viviera aquí, así que da igual que sea él.

Aubrey abrazó a su hija por primera vez en muchos años.

—Si pudiera volver atrás en el tiempo, haría las cosas de un modo muy diferente. Sin embargo, me gustaría que me creyeras cuando te digo que me enamoré de tu madre en cuanto la vi. Lo nuestro no tuvo nada que ver con la casa. Para ella, era sagrada. Para mí siempre fue una carga. Es la verdad, Harriet. Te aseguro que me alegraré de marcharme de aquí.

Durante dos semanas, Harriet vivió en un constante estado de tensión. No hacía más que esperar que James la llamara para presumir delante de ella. Después de la grabación del programa de cocina, River House volvía a estar impecable y tranquila. Su padre no le había vuelto a mencionar nada sobre la venta y por su parte, Harriet descubrió que, afortunadamente, no estaba embarazada.

Un sábado por la mañana, se disponía a realizar las tareas habituales de aquel día de la semana después de ducharse y vestirse. Era más de mediodía y, por una vez, había dejado que su cabello se le secara al aire. Estaba bajando las escaleras cuando un coche se detuvo en el exterior. Su ocupante llamó vigorosamente a la puerta.

—¡Harriet! —gritó una voz familiar—. Sé que estás ahí. Abre la puerta.

Ella se apartó el cabello del rostro y se dirigió a la puerta para abrirla. James la miró con preocupación.

—¿Qué te pasa?

—¿Que qué me pasa? —repitió ella con sarcasmo—. ¿Y qué me podría pasar? Entra. De todos modos, esto será tuyo muy pronto.

Harriet se dio la vuelta y se dirigió al sofá. Antes de que ella pudiera tomar asiento, él la tomó en brazos y se sentó con ella en el regazo.

—Deja de resistirte. Estate quieta y escúchame.

—¡Me niego a escucharte! Ya he oído todo lo que tenía que escuchar. Ahora, deja que me levante y...

–No. Te vas a quedar donde estás hasta que yo haya dicho lo que tengo que decir.

–Como si no lo hubieras hecho ya –le espetó ella–. ¿Estás ya contento? Utilizar mi casa para tu fiesta fue solo el comienzo. Para que tu venganza sea completa, vas a comprar mi casa y me vas a echar –exclamó. Las lágrimas que había estado conteniendo desde hacía días comenzaron a caerle por las mejillas. Empezó a llorar como una niña perdida contra el pecho de James hasta que logró tranquilizarse un poco–. Bueno, James. ¿Cómo descubriste que la casa estaba a la venta?

–Mi cuñado juega al tenis con Hugh Ames y normalmente le gana siempre. Ames ganó a Marcus por primera vez en la última ocasión que jugaron y se tomó unas cuantas copas de más. Entonces, comentó que podría tener la venta del siglo en sus manos porque tu padre se iba a casar y se iba a marchar de River House. Marcus pensó que yo lo debería saber, pero venció sus escrúpulos al contárselo a Moira, sabiendo que ella me daría inmediatamente la noticia. Yo acepté el precio que me pidió para que tú puedas quedarte en tu casa. Cuando tenga las escrituras, te las daré como regalo, para que por fin puedas regresar donde te mereces estar.

Harriet lo miró completamente atónita.

–¿Y porqué diablos vas a hacer algo así?

–No me gustaría pensar que te quedas sin casa...

–Venga ya, James. Te ruego que no me tomes el pelo. No puedes estar hablando en serio.

–Claro que sí. Cuando firmamos todos los papeles, tu padre me pidió que le concediera unos minutos en privado. Entonces, me lo contó todo. Me explicó que había conseguido que te alejaras de mí amenazándote con la ley si te negabas a hacer lo que él te decía.

–¿Mi padre te contó todo eso?

–Sí. Ahora, por fin sé por qué me rompiste el corazón. Y te aseguro que eso fue lo que me pasó.

–También se me rompió el mío –susurró ella. Comenzó de nuevo a llorar hasta que James le colocó la mano debajo de la barbilla y la miró a los ojos.

–Deja de llorar, Harriet. Mi idea era hacerte feliz, no entristecerte más.

–No estoy embarazada.

–Lo sé. Ya me lo dijiste.

–Te mentí. Por aquel entonces, no lo sabía seguro, pero hace unos días descubrí que no lo estaba.

Los ojos de James revelaron una profunda pasión. Se inclinó para besarla. De repente, Harriet sintió que ya no tenía nada por lo que llorar. Pasó mucho tiempo antes de que él levantara la cabeza para que ambos pudieran respirar.

–Podríamos hacer algo al respecto muy pronto –susurró él–, pero primero, me gustaría aclarar algunas cosas sobre las escrituras de la casa. Te las entregaré con gran placer, pero hay una condición. Para conseguirlas, tienes que casarte conmigo.

–¿Ahora sí hablas de matrimonio?

–Sí.

–¿Lo dices en serio?

–Sí. Pero antes de que tomemos una decisión, hay algo más que tengo que saber. Y esta vez no voy a utilizar el sexo para averiguar la verdad.

–¡Qué desilusión!

–Eso vendrá más tarde. Ahora, quiero que me digas por qué dejaste de vivir en River House y te viniste aquí.

–Nunca pude perdonar a mi padre por haber amenazado con arruinarte la vida y la mía también. Sin embargo, le había prometido a mi madre que me aseguraría que esta casa se cuidara como merecía. Por eso me mudé aquí.

–¡Y luego me acusas a mí de buscar venganza! –exclamó él–. Te aseguro que tendré cuidado de no contrariarte a partir de ahora –añadió mientras la besaba tiernamente–. Sin embargo, cuando yo te pedí que te vinieras a vivir conmigo, no pareció importarte abandonar la casa.

–Así era. En aquel momento, la situación económica de mi padre era buena y aún le quedaban muchos años para jubilarse. Además, por ti estaba dispuesta a olvidarme de todo, hasta de la promesa que le hice a mi madre.

James la estrechó con fuerza contra su cuerpo.

–Bueno, ¿qué me respondes?

–¿Cuál es la pregunta?

–¿Vas a casarte conmigo, Harriet?

–Dado que has utilizado una persuasión tan poderosa, ¿cómo podría decirte que no?

De repente, Harriet empezó a bostezar.

–¿Estás cansada? –le preguntó. Ella asintió–. En ese caso, deberías estar en la cama.

James se levantó con ella en brazos. Harriet sonrió.

–Tú también deberías estar en la cama...

James se echó a reír.

–Si te refieres a tu cama, estoy más que de acuerdo –dijo. Echó a andar, pero se detuvo al escuchar un coche–. ¿Es tu padre?

Harriet asintió. Entonces, James la dejó de pie en el suelo y la besó.

–En ese caso, antes de que pasemos a lo bueno, subamos a la casa. Tengo que preguntarle a tu padre si me concede la mano de su hija para casarme con ella.

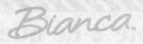

Su aventura tuvo la consecuencia más sorprendente de todas...

Sarah Scott no había querido enamorarse de un mujeriego incapaz de comprometerse, pero la experta seducción de Raoul la dejó indefensa. Sin embargo, cuando él desapareció de su vida, el legado de Raoul siguió vivo... Sarah estaba embarazada del heredero Sinclair.

Cinco años después, Sarah tenía que esforzarse para llegar a fin de mes trabajando como limpiadora en una oficina. Estaba de rodillas fregando el suelo cuando sus ojos se encontraron con los de su nuevo y elegante jefe, el hombre al que nunca había podido olvidar y el padre de su hijo: Raoul Sinclair.

El heredero escondido

Cathy Williams

Deseo

Trato de pasión
MAUREEN CHILD

Sean King se había metido en un buen lío. A pesar del idílico paisaje y su exquisita novia de conveniencia, su matrimonio con Melinda Stanford debería ser solo un acuerdo por el que los dos se beneficiarían. Lo único que tenía que hacer era casarse con la nieta de Walter Stanford… y no tocar a su nueva y guapísima esposa.

Melinda había impuesto las reglas, pero de repente su matrimonio le parecía demasiado práctico. ¿Era el calor del Caribe lo que hacía que ardiese de deseo por su flamante esposo o había decidido que el acuerdo temporal se convirtiera en uno permanente?

Casada por un momento...

¡YA EN TU PUNTO DE VENTA!

Bianca

**Había llegado el momento de que se hiciera justicia
con el hijo de la sirvienta**

Lázaro Marino no se iba a detener hasta llegar a la cumbre. Había escapado de la pobreza, pero todavía le faltaba una cosa: subir al escalón más alto de la sociedad. Y Vannesa Pickett, una rica heredera, era la llave que abría la puerta de ese deseo.

Con su negocio en horas bajas, Vanessa estaba en una situación límite. Casarse con Lázaro era lo más conveniente para los dos. Pero el precio de aquel pacto con el diablo sería especialmente alto para ella.

Pacto amargo

Maisey Yates